John d'Aubert

Darwin'sche Unschärferelation

Der Evolutionsprozess vom Hengst zum Dackel

Impressum:

© 2023 John d'Aubert

Herstellung und Verlag: BoD – Books on Demand, Norderstedt

ISBN: 9783756889860

Lektorat: Matthias Gruner (https://www.gruner–korrekt.de)

Phase 1

Dienstag, erster August. Endlich erreiche ich mit dem Fahrrad das kleine Industriegebiet am Stadtrand. Da ist es wohl, die Industriestraße 3, Weinhaupt GmbH. Ein älteres, großes Gebäude, eine lang gestreckte Halle daneben. Alles inmitten großer Bäume und Rasenflächen. Auf dem fast leeren Parkplatz stehen ein paar Kleinwagen. Direkt neben der Treppe zum Eingang ist ein schöner, alter Opel Diplomat geparkt. Das ist wohl der Chef. Auf der anderen Seite der Treppe schließe ich mein Fahrrad am Geländer fest. Der Eingangsbereich ist eine große Halle mit Sitzecken, Blumenkübeln und einem Tresen, hinter dem eine Dame lächelt.

"Guten Morgen. Ich bin Frank Junkers, Sie haben eine Praktikantenstelle für mich?"

"Guten Morgen, Herr Junkers. Ja, das stimmt. Ich wurde schon informiert. Und Sie sind pünktlich, das wird dem Chef gefallen. Nehmen Sie doch einen Moment Platz. Ich melde Sie an."

Der Ledersessel ist schön bequem. Das tut gut nach der Strampelei auf dem Fahrrad. Aus dem Rucksack krame ich schnell meine Unterlagen heraus.

"So, Herr Weinhaupt lässt bitten. Ich bin übrigens Linda Stein."

"Vielen Dank, Frau Stein. Hoffentlich klappt alles."

"Natürlich, Herr Weinhaupt ist cool, wie man heute so sagt."

Frau Stein geht wieder hinter ihren Tresen, da klingelt schon ein Telefon. Ich folge dem Gang, dort hinten war Frau Stein verschwunden, und jetzt steht eine Tür weiter hinten noch offen. Dann sehe ich in einen ziemlich großen Raum hinein, klopfe an der offenen Tür.

"Kommen Sie herein, junger Mann!"

Erst nach einem Schritt auf dem polierten Parkett, öffnet sich der Raum in seiner vollen Größe. Eine Wand mit Aktenschränken, an der anderen Seite eine Kommode und darüber ein großformatiges Ölbild. Vor der Glasfront steht schräg ein riesiger Schreibtisch auf einem Perserteppich mitten im Raum. Rechts davor eine Sitzecke mit Ledersesseln, ebenfalls auf einem sehr schönen Teppich.

"Guten Morgen, Herr Weinhaupt. Ich bin der Praktikant."

Herr Weinhaupt schaut auf die Uhr.

"Sie sind pünktlich, gefällt mir! Sechs Minuten vor acht."

"Ich habe noch nicht ganz fertig studiert", und hoffe, dieser kleine Witz wird richtig verstanden. "Etwas früher ist mir lieber, als Stress zu riskieren."

"Sehr vernünftig, Herr Junkers! Ich bin zwar Ingenieur, aber das akademische Viertel geht mir gegen den Strich. Nehmen Sie doch bitte da drüben Platz. Na ja, zum Thema: Aus ihren Unterlagen geht hervor, dass Sie BWL mit einem erheblichen Anteil an Datenverarbeitung studieren. Das dürfte einen großen Teil dessen abdecken, was in der Zukunft in der Industrie verlangt wird."

"Ja, das denke ich auch. Ohne Buchhaltung läuft kein Geschäft und ohne Computer unterdessen wohl auch keines mehr."

"Und Sie sind jetzt auf dem Weg zum Master, haben also schon einen Abschluss vorzuweisen, nicht wahr?"

"Stimmt" sage ich und mache es mir gemütlich. Diese Sessel sind sehr angenehm. Alles sehr stilvoll hier beim Herrn Weinhaupt. "Der Master ist halt der beste Hochschulabschluss. Wenn man die Gelegenheit hat, sollte man das schon durchziehen, denke ich."

Herr Weinhaupt öffnet die Kommode, in der augenblicklich die eingebaute Beleuchtung eine gut sortierte Bar erscheinen lässt.

"Mögen Sie Cognac? Oder lieber einen Martini?"

Ach, du meine Güte, was soll ich darauf antworten? Also um acht Uhr morgens schon einen Schnaps? Das ist doch wohl nicht sein Ernst. "Also für mich nicht, besten Dank."

Herr Weinhaupt grinst. Holt ein Glas heraus, stellt es allerdings ungefüllt ab und kommt dann zu mir in die Sitzecke.

"Gut, Herr Junkers."

"Also, wenn es am Schluss etwas zu feiern gibt, bin ich dabei, aber zuerst kommt die Arbeit, finde ich."

Ehrlich gesagt ist das wirklich meine Überzeugung, ziemlich Old School, aber nur Partymachen wird die Menschheit kaum weiterbringen.

Herr Weinhaupt hat es sich ebenfalls bequem gemacht, schaut mich an.

"Wie sieht es bei Ihnen mit handwerklichen Fähigkeiten aus? Bekommen Sie einen Nagel gerade in die Wand oder mögen Sie lieber die Arbeit am Schreibtisch?"

"Also, wenn ich Zeit genug habe", überlege ich, "den Vorsprung von Fachleuten zumindest so weit aufzuholen, dass ich mir weiterhelfen kann, ja, dann habe ich bis jetzt fast alles zurechtbekommen, was ich angefangen habe."

"Sie sind also Autodidakt, Herr Junkers."

"Na ja, der Begriff trifft nicht wirklich zu. Und so ganz alleine auf etwas Geniales oder Neues zu kommen, ist schon ganz eine andere Liga. Ich weiß mir zu helfen, sagen wir mal so."

"Nennen Sie doch ein Beispiel."

"Also, in der Freizeit mache ich Musik. Das ist nichts Dolles, und als vor längerer Zeit meine alte E-Gitarre Probleme machte, musste ich feststellen, dass auch diese simple Elektrotechnik so ihre Tücken hat. Seitdem habe ich ein paar Gitarren zusammengebaut. Auch um diese Technik besser zu verstehen. Und die Kopfdichtung von meinem alten Fiesta, die habe ich selber gewechselt. Das Auto läuft heute noch."

"Respekt, das ist nicht trivial. Dann sind Sie bei uns genau richtig. Das freut mich. Ich denke, ich werde Sie auch in der Produktion eine Zeit mitlaufen lassen. Und Herr Kuhn zeigt Ihnen dann unsere nicht ganz aktuelle EDV. In diesen sechs Wochen können Sie sich sicher ein fundiertes Bild über ein mittelständisches Unternehmen machen. Für Anregungen bin ich immer offen. Wenn Sie nicht gerade alles auf den Kopf stellen möchten."

"Das hört sich gut an, Herr Weinhaupt. Schön, dass ich hier gelandet bin. Vielen Dank!"

"Gut. Frau Stein gibt Ihnen noch ein paar Unterlagen, stellt Ihnen die Kollegen vor und so weiter. Ende der Woche komme ich noch einmal auf Sie zu und dann schildern Sie mir Ihren Eindruck von unserer Firma."

"Ja gerne, vielen Dank noch mal."

Herr Weinhaupt ist bereits auf dem Weg zur Tür. Wir geben uns die Hände und schon bin ich wieder draußen.

Als Frau Stein mich sieht, sammelt sie gerade Papiere zusammen und erwartet mich mit einem Lächeln.

"Na, Martini oder Cognac?"

"Nee, nee, ach so, das war ein Test, sehe ich das richtig?"

"Natürlich, Herr Junkers! Wir können hier nur vernünftige Leute gebrauchen. Gefeiert wird aber auch. In zwei Wochen ist das alljährliche Herbstfest. Da sind Sie bestimmt noch bei uns."

"Doch, sicher, aufgeben ist nicht so meins."

Nach einigen Unterschriften bei Frau Stein und einen Tag später erscheine ich im Blaumann mit Firmenlogo beim Werksleiter. Ich werde einem Monteur zugewiesen, der Segmente von größeren Maschinen zusammenbaut. Es kommen am Schluss seltsame Ungetüme heraus, die in der Betonverarbeitung eingesetzt werden. Dabei kann ich lernen, dass es Muttern mit M56-Gewinde gibt. Hier ist alles etwas größer als beim Uhrmacher. Ich bin beeindruckt.

Freitagmittag. Mein Kollege Vladimir tippt auf seine Uhr.

"Erst mal was essen, aber du gehst zum Chef. Will dich sprechen. Sag nichts Falsches, verstanden?"

"Vladi, kennst mich doch. Aber das läuft alles gut mit uns, findest du nicht?"

"Du bist in Ordnung, Frank, obwohl du so'n Studierter bist. Ich mach frei nachmittags, hab noch Überstunden. Wahrscheinlich schickt er dich auch nach Hause. Bis Montag, mein Freund!"

Wir schlagen zünftig ein, verabschieden uns.

Also, ab zum Chef. Frau Stein begrüßt mich mit ihrem netten Lächeln. Hier ist wirklich die Insel der Glückseligen.

"Einen Moment bitte noch, Herr Junkers. Wir haben Besuch von Herrn Wiggerts. Er liefert uns das Entsorgungsmaterial. Diese blauen Tonnen überall. Es kann aber nicht mehr lange gehen."

Angesichts meiner Arbeiterverkleidung traue ich mich nicht, den schönen Ledersessel zu benutzen, und genieße die Aussicht durch die hohen Fenster. Der Ausblick erinnert eher an einen Park als an eine Industrieanlage. Gut, der LKW, der gerade vorbeirumpelt, lässt die Scheiben erzittern. Ich verbessere auf Industrieidyll.

Stimmen nähern sich. Herr Weinhaupt und ein junger, sehr gut gekleideter Mann kommen mir plaudernd entgegen.

"Markus, das ist Herr Junkers. Der volontiert gerade bei uns, auf seinem Weg zum Master in Wirtschaftsinformatik."

Zum Glück hatte ich mir die Hände gründlich gewaschen.

"Hallo, solche Leute werden immer gebraucht. Gute Entscheidung!"

Herr Wiggerts sucht nach seinem Autoschlüssel. Der wird wohl zu dem Mercedes-Schlitten gehören, der draußen vor der Tür steht.

"Ja, dann kommen Sie mal mit. Bin gespannt, was Sie mir berichten."

Im Chefbüro angekommen, zeigt Herr Weinhaupt auf den edlen Sessel.

"Ich bin heute in Arbeitskluft, ich bleibe einfach stehen."

"Nein, nein, Herr Junkers, das geht in Ordnung. Diese Sessel haben so einiges erlebt. Setzen Sie sich bitte."

Mit ein wenig Unbehagen lasse ich mich vorsichtig nieder.

"Sie haben da ein ziemlich tolles Geschäft aufgebaut", fange ich an. "Und ich habe noch nie so große Maschinen gesehen. Wirklich beeindruckend."

"Das freut mich, Herr Junkers! Danke für die Blumen. Ja, wissen Sie, mein Vater hatte einen Baustoffhandel und merkte bald, dass der Handel mit den benötigten Maschinen auch lukrativ ist. Es bedurfte dann allerdings noch einiger Phasensprünge. Heute sind wir gut mit anderen Fertigungsbetrieben vernetzt und können sogar ganz individuelle Kundenwünsche verwirklichen. Also gefällt es Ihnen bei uns. Habe ich das richtig verstanden?"

"Doch, das ist beeindruckend, wenn man sieht, wie so ein Maschinen-Ungeheuer entsteht. Total stark!"

"Vladimir sagte, dass Sie sich für einen angehenden Akademiker ziemlich gut anstellen und immer mitdenken. Der ist schon mal sehr zufrieden mit Ihnen."

"Das höre ich gerne! Vladi ist auch ein klasse Typ. Macht Spaß, mit ihm zu arbeiten."

"Ja, Herr Junkers, leider habe ich eine Verabredung zum Geschäftsessen mit Herrn Wiggerts. Wenn am kommenden Freitag kein anderer Termin im Wege steht, lade ich Sie gerne zum Mittagessen ein. Das ist dann etwas ungezwungener. Ansonsten beginnt jetzt für Sie das Wochenende. Vladimir baut Überstunden ab. Es wäre zu kompliziert und eigentlich Zeitverschwendung, Sie ein paar Stunden irgendwo zuschauen zu lassen. Ich wünsche Ihnen ein schönes Wochenende!"

Heute merke ich, wie tief man in diesen Sesseln versinkt. Nach dem ungewohnten Krafttraining mit Drehmomentschlüsseln für Nüsse von 60 mm Schlüsselweite ist nun doch die Luft raus.

"Ja dann, vielen Dank, Herr Weinhaupt, und ein schönes Wochenende."

Tatsächlich fahre ich eine Woche später in einem Opel Diplomat mit meinem Chef beim Italiener vor. Alle kennen ihn und haben sofort Zeit zu plaudern. Ein reservierter Tisch, etwas abseits und eigentlich für sechs Personen, wird uns zugewiesen.

"Frau Stein ist perfekt, sie organisiert alles. Sie arbeitet schon über 25 Jahre bei uns. Mit ein paar Unterbrechungen. Ehe und Kinder. Leider unterdessen geschieden, aber immerhin sind die Kinder schon aus dem Gröbsten raus."

Dann suche ich mir Nudeln Aglio e olio aus, der Chef nimmt Carpaccio und empfiehlt mir die Weißweinschorle.

Es wird ein lockeres Gespräch wie mit einem väterlichen Freund. In der nächsten Woche darf ich die heiligen Hallen der EDV-Abteilung betreten. Da bin ich sehr gespannt. Bis jetzt weiß ich nur, dass dort eine AS/400 von IBM steht, auf der IMS-Datenbanken laufen. Nicht so wirklich modern.

Am folgenden Montag beginnt der nächste Abschnitt. Frau Stein bringt mich in die EDV-Abteilung. Den Blaumann, den ich frisch gewaschen unter Arm halte, darf ich behalten, falls ich wieder an einem Auto rumschrauben muss. Ganz in Zivil lande ich bei Herrn Kuhn und seinem Fast-Großrechner von IBM. Angesicht der Leistungsdaten, die er mit Stolz präsentiert, verstehe ich nicht, warum dieses System einen derartigen Heiligenschein aufgesetzt bekommt. Auch ohne dass ich auch nur einen abfälligen Kommentar abgebe, ist Herr Kuhn irgendwie eingeschnappt. An der Uni haben wir schon Migrationsprojekte simuliert, bei denen es um die Umstellung von älterer Hardware auf neue Systeme ging. Ich hatte Konvertierungsprogramme geschrieben, um Daten an die neue Umgebung anzupassen. Herr Kuhn zeigt mir Schränke mit armdicken Heftern. Darin endloses Listenpapier mit Cobol- und PL1-Code seiner Programme. Und zwar meterweise. Die Unterlagen von unserem Projekt sind sauber abgeheftet bei mir im WG-Zimmer. Das schaue ich mir nachher noch mal genau an. Bin mir allerdings unsicher, ob ich davon was erzählen sollte.

"Sie sind doch heute Abend dabei, Herr Junkers?"

Gedankenversunken war ich am Ende der Woche vom Chefbüro zur Eingangshalle getrottet und hätte fast Frau Stein ignoriert.

"Ach so, ja natürlich, das Herbstfest. Ich freue mich schon!"

"Ist alles in Ordnung mit Ihnen? Sie hatten doch hoffentlich keine Meinungsverschiedenheit mit Herrn Weinhaupt?"

"Nein, eigentlich nicht. Ich hatte nur ein Konzept ausgearbeitet, wie man die EDV auf einen neueren Stand bringen könnte. Die Notwendigkeit sieht er zwar auch, aber er hat natürlich Bedenken bezüglich der Risiken und auch der Investitionen. Na ja, mal schauen. Meine Ideen sind größtenteils schon getestet worden, aber dabei ging es nicht um existenzielle Fragen. Egal, nachher wird erst mal gefeiert."

"Herr Weinhaupt hat mir schon davon erzählt. Seit Sie ihm Ihre Ausarbeitung überreicht haben, schläft er schlecht."

"Vielleicht hätte ich besser die Klappe gehalten?"

"Nein, unser Chef liebt Herausforderungen, aber er muss sich erst selbst ein genaues Bild machen. Bis nachher."

Ich winke nur. Kann es sein, dass ich damit einen Schlusssprung ins Fettnäpfchen hingelegt habe. Der Herr Kuhn vermisst bei mir die Begeisterung. Dann habe ich ihm zu allem Übel auch noch gezeigt, dass ein fünffacher Gruppenwechsel in SQL nur ungefähr eine halbe Seite Programm-Code benötigt. Seitdem ist es ganz vorbei. Wahrscheinlich hat meine Idee auch schon längst die Runde gemacht. Egal, wenn der Laden mit dem alten Zeug läuft, ist doch alles in Ordnung.

Phase 2

Geduscht und in eine Wolke Lagerfeld gehüllt, radele ich dem Herbstfest der Firma Weinhaupt entgegen. Vor der Tür einige Lieferwagen. Gediegen gekleidete Leute schwirren überall herum, ein Koch ist dabei. Und ein dunkel gekleideter Mann vom Format eines Wikingers steht in der sonst offenen Eingangstür, schaut mich finster an.

"Sie haben doch sicher eine Einladung oder einen Firmenausweis?"

Vor diesem Hünen mit der rauen Stimme fühle ich mich wie ein Erstklässler.

"Ja, klar!", sage ich schnell. Der Ausweis ist allerdings gut versteckt im Portemonnaie. Um tagsüber durch die gesicherten Türen der Firma zu kommen, braucht man nur mit dem Geldbeutel in der Hosentasche an den Lesegeräten vorbeizurutschen, ohne die Karte herauszunehmen. Also gut, da ist das Plastikding, mit Bild und zehn X anstatt der Personalnummer.

"Das ist in Ordnung. Kommen Sie bitte rein. Da drüben gibt es eine Erkennungsschlaufe um das Handgelenk, damit können Sie sich frei bewegen."

"Danke", murmele ich und staune. Da hinten ist Frau Stein, sie ist ein Lichtblick.

"Rechte oder linke Hand?", fragt sie mich, als ich ihren Kontrollpunkt erreiche.

"Links bitte. Meine Güte, hier ist ja richtig was los."

"Ich habe Sie gewarnt, feiern können wir auch!"

Geschickt legt sie einen roten Gewebestreifen um mein Handgelenk, zieht dann zu, bis der locker sitzt. Mit einer Zange wird das Bändchen vernietet.

"Ganz oben ist die Feier, viel Spaß!"

Ich hatte schon von dem Sitzungssaal gehört. Ganz oben, fast die ganze Etage, sogar mit einer Dachterrasse. Das muss riesig sein, denke ich so bei mir. Unsere Studentenwohnung in der Südstadt ist schon nicht klein, aber die würde man, in diese Weiten geworfen, kaum noch wiederfinden. Am Ende der Treppen blicke ich in die obere Etage mit dem geheimnisvollen Saal auf der rechten Seite. Durch eine breite Doppeltür sehe ich die Bühne mit einem Klavier. Außerdem sind dort viele Instrumente aufgebaut, eine Batterie Saxofone, Verstärker stehen bereit, Gitarren, ein Schlagzeug.

Das sieht mir nach einer veritablen Party aus. Da bin ich aber mal gespannt.

"Hey, Frank, im Blaumann gefällst du mir besser!"

"Hi, Vladi! Gut, dich zu sehen! Ich hätte nicht gedacht, dass hier noch so ein riesiger Ballsaal versteckt ist. Und Bands spielen auch noch. Wahnsinn!"

"Ich spiel auch nachher mit meine Leut. Bist du nicht auch Gitarrist? Hast du doch mal gesagt, in der Pause."

"Ja, stimmt, aber vielleicht bin ich besser im Gitarrenzusammenbauen als im Gitarrespielen. Was habt ihr denn für Songs auf der Liste?"

Vladimir zieht einen Zettel aus der Hosentasche.

"Hier. Zehn Songs und zwei Zugabe."

Ich schau mir den Zettel an. Alles Stücke, die man aus dem Radio kennt. Es geht los mit *Sweet home Alabama*, *Hot Stuff* von Donna Summer. *Under pressure* hatte Queen mal vorgelegt und *One* von U2. Oh, Santana, *Black Magic Woman*.

"Wow, coole Songs! Respekt."

"Spielst du was davon?"

"Na ja, *One* hatte ich schon mal gesungen, allerdings habe ich den Text etwas abgemildert. Meine Version ist positiver, hat weniger Beziehungsdrama. Aber das Solo von Carlos konnte ich bei einer Hochzeitsfeier schon einmal ganz gut abliefern. Habt ihr noch mehr Sachen drauf, habt ihr irgendwo Auftritte?"

"Franky, das wird gut! Ja, wir haben so vierzig Songs, die wir machen können im Moment. Und so zwanzig Lieblinge. Ich muss wieder zu meine Leut, wir trinken noch einen, nachher!"

"Alles klar, das machen wir!"

Alle Achtung, wirklich eine coole Firma! Hätte ich nicht gedacht. Der Saal ist noch angenehm leer. Einige Leute kenne ich vom Sehen, die meisten allerdings gar nicht. Eine Gruppe junger Damen kommt rein. Alle im kleinen Schwarzen und auf hohen Schuhen. Ist das auch eine Band? Die gehen auf die Bühne zu den Saxofonen. Wow, fünf Damen, die Sax spielen, klasse! Ich überlege gerade, dass ich nach dem Master einfach eine ähnliche Firma wie diese suchen sollte. Die verdienen genug, um gut zu bezahlen, alles familiär, überschaubar und gute Partys. Das ist wertvoller als ein hochgestochener Job in einem großen Laden.

Draußen fahren Leute mit Rollwagen herum. Der Koch ist auch dabei. Das Catering bringt sich in Position. Und langsam, aber sicher füllt sich der Saal. Auch dieser Raum hat riesige Fensterfronten. Man sieht die Stadt. Auf dem Festplatz wird gerade ein Riesenrad montiert. Inzwischen ist es fast halb neun. Ab acht war Einlass. Mehrere junge Damen kommen mit Tabletts voller Sektgläser. Und Frau Stein taucht auch auf. Jetzt wird es wohl spannend. Ich orientiere mich weiter nach vorne. Da gibt es Sekt und die Saxofonistinnen. Es ist sogar ein Baritonsax dabei. Eines der größeren aus der Saxofonfamilie. Klingt eher wie ein Nebelhorn und wiegt ordentlich. Wie die fünf Instrumente stehen da die Musikerinnen der Größe nach wie die Orgelpfeifen. Alle haben die Haare offen. Die große sieht klasse aus. Nicht so auffällig geschminkt wie die anderen. Irgendwie sportlich und selbstbewusst. Vermutlich keine Mitarbeiterin. Die wäre mir auch im verstecktesten Winkel noch aufgefallen. Eine der netten Sektdamen gibt mir ein Glas und wünscht mir viel Spaß. Dann tritt allmählich Ruhe ein, Gespräche werden beendet. Frau Stein steigt die paar Stufen zur Bühne hinauf. Vladimir hatte an einem Verstärker Einstellungen gemacht, zeigt auf eines der Mikrofone. Die Damen in Schwarz formieren sich mit ihren Instrumenten. Komischerweise nimmt die kleinste das Baritonsaxofon, und meine Lieblingsmusikerin hat eines, das von der Größe etwas kleiner als ein Tenor ist. Es wird eingezählt, dann beginnt das Bariton. Der Reihe nach steigen die anderen ein. Es wird ein Stück in Richtung klassische Salonmusik wie in den 20er-Jahren.

Noch ein paar Takte Steigerung, dann das Outro. Frau Stein tritt an das Mikrofon.

"Ich freue mich so, Sie alle wieder einmal in lockerer Runde und ohne den Ernst unseres Arbeitsalltags begrüßen zu können. Wie immer ist auch heute für jeden etwas dabei. Wir haben die Sax Sisters gerade schon gehört, die Band Chill and Chili steht schon bereit und natürlich ist auch wieder für das leibliche Wohl gesorgt. Und jetzt möchte ich Herrn Weinhaupt auf die Bühne bitten."

Unser Chef hatte schnell ein Glas Sekt in zwei Zügen geleert. Nach einem Moment der Sammlung geht er souverän und aufrecht auf die Bühne, verharrt einen Moment, in dem man im Saal eine Stecknadel hätte fallen hören.

"Liebe Mitarbeiter, wie jedes Jahr hatte ich einen Zettel vorbereitet mit den Stichpunkten, die ich unbedingt ansprechen wollte, weil sie für mich Momente von großer Bedeutung widerspiegelten. Und auch jetzt bin ich wieder der Meinung, dass jeder Tag wichtig war und jeder von uns hat die eine oder andere Erinnerung. Zum Beispiel wenn eine große Anlage, die wir hergestellt haben, vom Hof gefahren wurde oder wenn uns Mitarbeiter, die auf Montage waren, von ihren Erlebnissen auf der anderen Seite des Erdballs erzählt haben. Sicher gab es auch Momente, in denen euch der Chef auf die Nerven ging. Ich musste Samstagsarbeit anordnen, um wichtige Aufträge zu bewältigen. Und dann mussten wir im vergangenen Jahr auch erleben, was Kurzarbeit bedeutet. Das alles liegt hinter uns und hat uns, so wie ich es empfinde, letztendlich enger zusammengeschweißt. Im Augenblick sind die Aussichten wieder sehr gut. Der Markt bietet Möglichkeiten, uns zu behaupten. Wir sind ein perfektes Team, und mit diesem Rückenwind sind wir in der Lage, unsere Zukunft zu gestalten. Vielen Dank für eure Unterstützung. Ich hoffe, dass ich heute ganz vielen persönlich meinen Dank aussprechen kann. Auf jeden Fall haben wir gute Gründe, heute zu feiern. Und das machen wir jetzt. Fühlt euch eingeladen, alles ungezwungen zu genießen. Und wer später nicht mehr mit dem Auto nach Hause fahren möchte, kann sich wie immer von unserem nahestehenden Taxiunternehmen auf Firmenrechnung bringen lassen. Wir brauchen alle unsere Führerscheine, also macht bitte davon Gebrauch. Und jetzt geht es weiter mit den *Sax Sisters*! Viel Spaß!"

Nach einer andächtigen Pause beginnen einige zu klatschen, dann brandet kräftiger Applaus auf. Die Mädels bringen sich in Position, pusten vorsichtig in die Mundstücke und hoffen vermutlich, dass der erste Ton auch kommen möge. Es wird wieder leise, die Bariton Sister zählt ein und ihr erster Ton kommt nach kurzem Pfeifen tief und satt aus dem Instrument. Schöner Groove! Die anderen schaukeln sich ein und kommen nacheinander dazu. Ach ja, das ist *In The Mood* von ... war das von Glenn Miller? Die sind ja klasse! Es wird eine mitreißende Unterhaltung zwischen den Instrumenten.

Die große Dame mit den wilden Haaren spielt ihrer Kollegin zu, und die antwortet mit ihrem Altsaxofon. Möchte wissen, was die für ein Instrument spielt! Die Versilberung ist teilweise schon dünn, an einigen Stellen verschwunden, Messing scheint durch. Es ist ein altes Instrument. Ich versuche noch mal abzuschätzen, aber es bleibt dabei, ich kann es nicht einordnen. Klingt auch speziell, die muss ich nachher mal ansprechen. Hoffentlich verschwinden die Mädels nicht gleich nach dem Auftritt.

Inzwischen spielen sie eine andere Swingnummer. Die sind wirklich gut! Und noch ein Song aus den 20ern. Kenne ich auch nur aus dem Radio. Oh halt, das ist *Autumn Leaves*. Klasse! Und die Ladys haben Spaß, zumindest jetzt, wo alles läuft, glätten sich die Gesichter. Die große mit dem merkwürdigen Sax klopft manchmal mit ihren Ringen an das Metall; die hat ein super Rhythmusgefühl. So, das hört sich langsam nach den Schlussklängen an. Kommt noch was? Sie verbeugen sich, schade, das war es wohl.

Applaus! Und auch ich klatsche wie verrückt. Aber es gibt keine Zugabe. Stattdessen formiert sich Vladimirs Band und er klopft an das Mikro. Jemand regelt nach. Tucktuck, jetzt ist es offen.

"Und das waren die berühmten Sax Sisters mit dem unverwechselbaren Sound! Vielen Dank, Sax Sisters!"

Wieder Applaus. Und das haben sie sich ehrlich verdient, finde ich. Die Damen winken noch mal und verschwinden dann raus auf den Flur. Oh, jetzt ist sie weg. In meinem Bauch macht sich ein trauriges Gefühl breit.

"Jetzt wird es elektrisch, Freunde! Sweet Home Alabama! Das kennt ihr doch alle, oder?"

Und schon geht es los. Vladimir spielt eine Gibson ES, wenn ich das richtig sehe. Donnerwetter, eine wirklich tolle Gitarre, die ziemlich teuer ist.

Aber viel wichtiger wäre, wo diese Saxofonistin geblieben ist. Die werden doch wohl nicht das Buffet verschmähen, und überhaupt ...!

Während Vladimir und Band *Hot Stuff* und *Under Pressure* zum Besten geben, halte ich Ausschau nach der Saxofonistin. Vielleicht stärken sie sich schon. Das Buffet ist weiter hinten in einem kleinen Raum und auf dem Flur aufgebaut.

Wieder Applaus.

"So, Kollegen, jetzt ein Experiment, das die Welt noch nicht gesehen hat. Vielleicht! Ich muss erst mal kucken, ob das klappen kann. Frank, hast du Lust, mit uns zu spielen?"

Oh Gott, meint der mich? Oh nein, was mach ich jetzt? Kriege ich das überhaupt hin? Ach du Scheiße!

"Frank, bist du schon geflüchtet? Alles gut, muss auch nicht sein, aber wenn du Bock hast, dann komm jetzt rauf!"

Scheißegal, womit habe ich immer so schön angegeben? Aufgeben ist nicht meins, ich Idiot! Also, wenn ich's vergeige, bin ich unten durch. Wenn nicht, bin ich der Küsten-King.

Ich mach mich auf den Weg. Und mir wird schlecht. Weiche Knie. Falls es einen Gott gibt, dann brauche ich dich jetzt! Gehört? Ich gehe an Herrn Kuhn vorbei, dem ich seine schöne, alte AS/400 von der Weltfirma IBM ausreden will. Das macht die Lage nicht besser. Einmal tief atmen und rauf.

"Er hat sich doch nicht in Luft aufgelöst! Applaus für Frank! Ich weiß gar nicht, wie du weiter heißt. Egal, jetzt ist *One* von U2 an der Reihe. Kriegst du das hin?"

Man klatscht. Und meint mich! Ach du Scheiße! Da ist das Mikrofon. Los jetzt, irgendwas machen, Frank!

"Hallo, Leute! Hoffentlich kriege ich das hin. Hast du vielleicht den Text, Vladi?"

Ein anderer Kollege kramt einen Zettel aus einem Ordner heraus, reicht ihn zu Vladimir und der zu mir.

Er schaut mich freundlich an, dreht die Gitarre auf. "Gib ein Zeichen, dann spring ich für dich ein, okay?"

Vier Takte ist das Intro lang, nach dem G-Dur kommt A-Moll vom neuen Takt, und dann geht der Gesang los. Oh Gott!

G-Dur, A-Moll, Vladi nickt mir zu.

"Is it getting better

or do you feel the same?"

Ich höre mich selber und es klingt erstaunlich gut. Schöner Raumklang. Auf der Suche nach meiner Stimme und dem Abstand zum Mikrofon wird es noch mal wackelig. Aber der Text ist wieder da. Vladimir grinst und scheint zufrieden. Mir scheint, ich kriege das hin.

Und dann, mit den letzten Akkorden langsam raus aus dem Song. Vladimir dreht sich zum Kumpel um, noch ein Takt, die letzten Töne füllen den Saal, Schluss!

Vladimir freut sich, springt zum Mikrofon.

"Mensch, Frank, Montag trage ich für dich das ganze Werkzeug hinterher! Ist das ein Deal?"

Es gibt wirklich Leute, die klatschen. Mann, bin ich erleichtert.

Da hängt mir Vladimir schon seine edle Gitarre um den Hals. Ich habe noch nie auf einer ES gespielt! In der hinteren Hosentasche sind ungefähr zehn Plektren, ich suche nach einem dickeren, schwarzen von Dunlop.

"Wie ging das noch mal los?", frage ich. Vladimir lacht sich kaputt, zeigt zum Kumpel an der anderen Gitarre.

"Spiel mal den Groove", sagt er nach hinten und zeigt dann zum Perkussionisten. Der setzt augenblicklich auf seinen Bongos ein.

Ja klar, sagt mein Kopf. Ich schaue mir an, wo der Gitarren-Kollege hingreift. Der Mann an der zweiten Gitarre spielt leise die Akkorde.

"Let's go for Carlos Santana!", brüllt Vladimir ins Mikro.

Den ersten Einsatz verpasse ich leider, weil ich Amateur die Regler noch nicht aufgedreht hatte. Noch eine Runde sanfte Einleitung mit Afrokubanischer Rhythmik und los!

Die Gitarre spricht super an, klasse Saitenlage. Das ist wirklich ein Schmuckstück! Und ich habe das Intro hinbekommen! Vladimir singt mit geschmeidiger Stimme, ich spiele schön gleichmäßig die Akkorde. Dann kommt das Solo! Es geht gut los, zwischendrin verrutsche ich mal, kriege die Melodie aber gerettet. Noch einmal Gesang und der andere Gitarrist macht sein Solo. Etwas ausdüdeln und dann ein vehementer Schluss.

Puh, überstanden! Die Leute klatschen, pfeifen, hüpfen, meine Güte, bin ich erleichtert!

"Frank der Praktikant! Das war doch gar nicht mal so schlecht!"

Vladimir bekommt seine Gitarre zurück, ich verbeuge mich, winke und dann sehe ich zu, dass ich wieder von der Bühne runterkomme.

"So, weiter geht's mit CCR und *Proud Mary*! Viel Spaß!"

Auch ein schöner, alter Song, aber ich bin erst mal geschafft. Obwohl, ich glaube, das war gar nicht so schlecht!

"Respekt, Herr Junkers, ich bin sprachlos!"

Frau Stein beklatscht mich ganz persönlich. Ich habe Fans, blanker Wahnsinn!

"Für einen richtigen Musiker reicht es nicht, aber um sich das Studentenleben zu versüßen, ist Musik schon was Feines."

"Aber der Vladimir ist auch sehr gut. Wie finden sie die Band?"

"Ja klar, der ist auch ehrlich gesagt viel routinierter, macht das vermutlich schon lange."

"Haben Sie schon das Buffet besucht? Den Cateringservice haben wir immer bei Veranstaltungen oder Tagungen. Die wissen das unterdessen zu schätzen und verwöhnen uns."

"Stimmt, da war ja noch was! Frau Stein, ich muss sagen, das hier ist eine richtig tolle Firma. Ich überlege schon, ob ich bei Vladi als Schraubenschlüssel-Assistent einsteige."

"Wie wäre es mit dem Leiter der IT?!"

"Oh, ich weiß nicht, ob ich mit dem Migrationsplan wirklich eine gute Idee hatte."

Wir bewegen uns nickend wieder voneinander weg. Die Stimmung ist unterdessen grandios. Alle schunkeln vor sich hin. Vorne und in einer kleinen Ecke weiter hinten wird getanzt. Klasse, wie früher bei den Uni-Feten.

Aber wo ist sie? Vielleicht hat die Saxofonistin mein Solo gehört! Das war nämlich ganz passabel, finde ich mit etwas Abstand. Wo hält sie sich versteckt? An der Tür sehe ich eines der Mädels im kleinen Schwarzen mit einem Sektglas. Außerdem könnte ich gut etwas trinken nach dem Schrecken. In der Tür stehe ich plötzlich jemandem im Weg. Es dauert eine Sekunde, dann erkenne ich sie. Allerdings trägt sie jetzt ein kariertes Flanellhemd, eine zu große Lederweste darüber, Jeans und Stiefel. Die wilden Haare hat sie zu einem Zopf zusammengebunden.

"Praktikant Frank. Das ist ja ein Ding!" Sagt sie, während ich mich noch über ihre Verwandlung wundere.

"Ja, stimmt! Und du jetzt ganz in Zivil?"

"Ich mag es eher normal. Fürs Theater kann man sich schon schick machen, aber das ist hier eine Betriebsfeier mit Maschinenbauern. Da fühle ich mich im Tutu nicht so wohl."

"Das verstehe ich. Sag mal, du hast ein seltsames Saxofon. Ist das beim Waschen eingelaufen?"

"Nicht frech werden, mein Freund, das ist ein C-Saxofon von 1922. Ein ganz edles Teil."

"C-Saxofon, das habe ich noch nie gehört. Na ja, ich kenne mich nur ein bisschen mit Gitarren aus."

"Willst du hier im Eingang stehen bleiben?"

"Ich könnte einen guten Schluck gebrauchen, der Vladimir hat mich überrumpelt vorhin. Bin froh, dass ich noch lebe."

"Komm mit. Da vorne ist die Bar. Also, ich habe nicht viel Ahnung, aber der Carlos wäre zufrieden gewesen."

Wir schlendern den Flur entlang in Richtung Cateringstation. Auf der linken Seite sind weitere Räume. Einige Türen stehen offen.

"Da drüben gibt's die guten Sachen."

"Du kennst dich aus!" Sie hat den Laden wohl schon erkundet.

"Natürlich kenne ich mich aus! Also, was trinkst du so?"

Der Raum ist abgedunkelt. Liegestühle unter künstlichen Palmen vor einer Fotowand mit herrlichem Strand und türkisfarbenen Meer. Hinter dem Tresen der Strandbar lächelt ein nettes Bikini-Girl.

"Alles nur für dich, du Held."

"Das ist eine Wahnsinns Firma, echt stark!"

"Tja, hier ist es schön. Wenn man jetzt auch noch den Fernseher aus dem Fenster wirft, könnte man denken, die Welt sei in Ordnung."

"Hallo, Klara!", winkt das Bikini Girl.

"Hallo, Eve! Schenk doch mal unserem Stargitarristen was Nettes ein. Ich nehme Campari Orange."

"Oh, Gitarrist! Ja dann?! Wie wäre es mit einem Mojito de Cuba?"

"Mui bueno. Y con mucho de Cuba!"

Betrinken auf Spanisch war nachträglich betrachtet wohl doch ein sinnvolles Wohngemeinschaftsprojekt.

"Olala, nice Gringo."

"Eve, nichts für kleine Mädchen!"

Dabei macht sie einen Schritt zur Seite, wendet sich von mir ab. Vermutlich habe ich gerade Eve zu interessiert angeschaut.

"Halt, stopp!", sage ich schnell. "Was ist jetzt mit deinem Saxofon? Dazu musst du mir unbedingt etwas erzählen."

"Wieso kannst du Spanisch?", fragt sie mit strengem Blick.

"Wir hatten für ein paar Wochen mal einen Spanier in der WG und der brachte uns alles Nötige bei, um sich auf Spanisch durchzuschlagen. Du heißt also Klara und spielst Sax. Nun erzähl schon."

Eve hat inzwischen zwei Getränke auf den Tresen gestellt.

"Prost erst mal!" Klara nimmt den Strohhalm raus, trinkt ein gutes Drittel. In der Zwischenzeit probiere ich, Eve in ihrem Bikini zu ignorieren, und drehe mich deutlich zu Klara. Der Mojito schmeckt anständig nach Rum, Eve meint es gut. Klara beobachtet mich skeptisch und prüft genau, ob meine Aufmerksamkeit vielleicht zu Eve abwandert.

"Hast du schon was gegessen?", fragt sie mich.

"Nee, vielleicht eine ganz gute Idee. Bevor ich hier vor Stress und angetrunken aus den Latschen kippe."

"Ich denke, du bist so'n Überflieger."

"So schlimm ist es nun auch wieder nicht. Also los, essen wir was."

"Bis gleich, Eve." Klara geht vor. Macht Spaß, ihr zuzusehen. Die Frau hat etwas Außergewöhnliches. Das Buffet auf dem Flur ist gute fünf Meter lang. In dem Raum dahinter sind Sitzgelegenheiten und eine Bar, vermute ich mal. Uns begrüßt der Koch in Weiß mit der verräterischen Mütze. Dann ist da noch ein Typ ohne Mütze und zwei Damen. Alle in Weiß gekleidet.

"Die kleinen Frikadellen sind der Hit." Klara zeigt zum hinteren Teil des Tisches. "Vielleicht das da? Lass dir da vorne vom Lachs etwas abschneiden. Der ist echt Spitze!"

"Ja, das sieht wirklich schön aus. Also, ich bin eher Vegetarier. Aber ich sehe schon den eingelegten Frischkäse da drüben. Sieht alles sehr lecker aus."

"Vegetarier! Sag mal, so ganz normal kannst du nicht, kann das sein?"

"Ach Mann, mir tun einfach die Tiere leid! Wenn ich die selber abmurksen müsste, würden sie alle davonkommen."

"Ich bin übrigens auch Vegetarierin", sagt sie dann mit einer wegwischenden Handbewegung.

Jetzt bin ich irritiert.

"Ah, Herr Junkers, da sind Sie ja! Hallo, Klara."

Wir bauen uns beide brav wie die Schüler nebeneinander vor dem Chef auf.

"Hallo", sagt Klara knapp.

"Hallo, Herr Weinhaupt" Sage ich, irgendwie verlegen.

"Klara, habe ich dir schon erzählt, dass dieser junge Mann mir seit Tagen schlaflose Nächte bereitet?"

Klara trinkt einen guten Schluck Campari Orange.

"Nein, noch nicht." Sie tippt rhythmisch auf das Glas.

"Der Herr Junkers hat vor, unsere EDV zu revolutionieren. Ich habe eine zwanzigseitige Ausarbeitung von ihm auf dem Tisch. Und das Schlimmste ist, dass er vermutlich recht hat."

"Unterdessen denke ich fast, dass ich mir das besser verkniffen hätte. Die Risiken kann ich aufgrund unserer kleinen Studie an der Uni gar nicht wirklich abschätzen."

Ich habe langsam wirklich ein schlechtes Gewissen. Was wäre, wenn nach einer Migration Probleme auftauchten, die ich nicht beheben kann. Externe Leute ranholen? Damit explodieren die Kosten. Mir scheint, ich habe mich zu weit rausgelehnt.

"Herr Junkers, nicht den Kopf hängen lassen. Ohne Sie hätten wir so schnell nicht über eine solche Veränderung nachgedacht. Ich habe bereits überlegt, was passiert, wenn die AS/400 ausfallen würde und wir keine Ersatzteile bekommen könnten. IBM hat uns schon mehrfach darauf angesprochen. Herr Kuhn meint allerdings, dass es noch mindestens zwei Jahre Ersatzteile gibt und ein Ingenieurbüro mit entsprechenden Fachleuten der älteren Semester. Na ja, diese Themen können auch bis Montag warten."

Einen Moment stehen wir da und warten darauf, dass der Chef vielleicht noch etwas mitteilen möchte.

"Und singen kann er übrigens auch. Hast du das mitbekommen? Und Gitarre spielen."

"Nein, ich hatte mit Herrn Wiggerts noch ein Gespräch bezüglich der gesetzlichen Veränderungen im Entsorgungswesen. Soso, gesungen hat er auch schon. Da auf der Bühne?"

"Allerdings. Vladi hatte ihn dazugeholt."

Die Situation wirkt auf mich sehr familiär, Klara duzt den Chef, als unterhielten sie sich gerade am Frühstückstisch.

"Also, Herr Junkers, wenn Sie meine Firma ruinieren, so kann ich das gerade noch verkraften, aber wenn Sie meiner Tochter das Herz brechen, müssen Sie sich ein anderes Universum suchen."

Ach du ... ich Idiot! Ich muss erst mal durchatmen.

"Weder noch, Herr Weinhaupt. Und die AS/400 kann ja auch noch ewig laufen. Don't touch a running system, sagte mal jemand."

Ich rede schon wie ein Politiker, der bereits lange abgesägt ist. Meine Stimme ist wackelig.

"Und nicht mal so'n kleines bisschen Herzen brechen? Dann brauche ich noch einen Drink." Klara schaut mich kopfschüttelnd an.

"Klara, mein liebes Kind. Mach doch diesen jungen Mann nicht wahnsinnig."

Sie flüstert Herrn Weinhaupt ins Ohr, allerdings verstehe ich ungewollt das Meiste.

"Ich hab geheult, so kann der singen ..."

Mir wird mulmig. Da habe mich wohl gegenüber der Cheftochter wie ein hirnloser Baggerfahrer benommen.

"Kommt mal her!" Herr Weinhaupt winkt Leute heran.

Ach ja, der Herr Wiggerts. Und zwei Frauen. Beide Damen sind groß, die eine sehr blond und die andere hat wellige, rotbraune Haare. Beide könnten auf den Titelseiten beliebiger Modemagazine auftauchen. Also perfekt geschminkt, teure Kleider, edler Schmuck, alles sehr ausgefallen. Die blonde, sehr auffällige Dame könnte vom Alter zu Herrn Wiggerts passen. Der trägt einen Maßanzug, vermutlich handgenähte Schuhe, eine wertvolle Uhr und einen Brillantring am kleinen Finger. Außerdem das Gute-Laune-Grinsen eines erfolgreichen Geschäftsmannes. Die dunkelhaarige Frau ist sehr souverän in ihrer Erscheinung. Vielleicht die Chefin?

"Markus, Herrn Junkers kennst du eigentlich schon. Herr Junkers, Herr Wiggerts mit Gemahlin. Und hier ist meine beste Frau der Welt. Klara kennt ihr ja auch alle."

"Hallo, Frau Weinhaupt, Frau Wiggerts." Wir schütteln kurz die Hände. Die Chefin hat einen festen, ehrlichen Händedruck.

"Hallo, Herr Wiggerts." Und dieser Mann geht ins Fitness-Studio.

"Herr Weinhaupt hat mir Ihr Konzept für eine Migration vorgestellt. Und wie ich hörte, haben Sie auch schon an anderer Stelle Programme zur Daten-Konvertierung geschrieben?"

"Ja, das stimmt. Wir hatten einen Dozenten an der Seite, mit langer Erfahrung in der Industrie."

"Es könnte sein, dass ich auch irgendwann auf Sie zukomme. IT ist immer ein heikles Thema."

"Das würde mich freuen, Herr Wiggerts."

Seine Frau nippt unterdessen an ihrem Sektglas. Die Chefin hält Abstand. Klara trinkt aus.

"Bist du mit dem Bild fertig geworden, Schatz?", fragt die Chefin.

"Ja, alles in Ordnung.", meint Klara. "Das ist jetzt fertig und ich verbessere auch nichts mehr, versprochen."

"Es ist gut geworden, das hast du wirklich gut gemacht!"

"Du hast mir gute Tipps gegeben, Mum."

Zu mir sagt sie: "Und jetzt was essen und dann besuche ich noch einmal Eve und dann bin ich vermutlich durch für heute."

Dabei hakt sie mich unter, dreht uns zum Buffet.

"Gitarre spielt der Bursche auch", sagt Herr Weinhaupt hinter vorgehaltener Hand seinem Geschäftsfreund.

Die Gläser landen auf einem Tablett. Wir nehmen uns Teller und Besteck.

"So, du Vegetarier. Ich nehme Käsestulle und Paprika ... oder halt! ... unbedingt von diesem Aufstrich da drüben. Das rühren die immer ganz frisch zusammen. Und dann gibt's noch einen Drink."

"Genauso mache ich das auch."

Wir dekorieren die gefüllten Teller mit Paprikastreifen. Ich lege ihr eine halbe Feige dazu. Sie lächelt mich an, gibt mir daraufhin eine Dattel auf meinen Teller.

"Komm mit, Eve besuchen."

Nur ein paar Schritte, dann begrüßt sie uns schon.

"Das Gleiche noch mal?"

"Oh, ich muss erst was essen, nachher vielleicht."

Die Palmenecke bei Eve ist besetzt, Klara peilt einen Tisch an. Wir sitzen uns gegenüber, sie schaut mich prüfend an. Soll das jetzt durchgefallen bedeuten? Ohne das Besteck zu benutzen, beißt sie genüsslich vom Brot ab.

"Mir schmeckt's. Und dir? Weiß eigentlich schon Herr Kuhn von seinem bevorstehenden Ende?"

"Oh, Mist! Ich glaube, das war keine gute Idee von mir. Ich meine, die alten Rechner werden sowieso irgendwann nicht mehr unterstützt. Wenn dann was kaputtgeht, kann man selber rumlöten oder bei Ebay nach Ersatz suchen. Früher oder später kommt die Migration, aber das sollte besser Herr Kuhn regeln. Es war blöd von mir!"

"Soll ich dir was verraten? Er weiß es schon. Unser Herr Kuhn geht übrigens allen auf die Nerven und er saß schon bei Papa und musste Stellung beziehen zu deinen Vorschlägen. Der hasst dich, mein Lieber!"

Klara lacht. Mir wird merkwürdig in der Magengegend.

"Sag deinem Vater, dass er das Zeug verbrennen soll. Wenn da was schiefgeht, bin ich erledigt."

"Tja, gibst du in unserem kleinen Theater jetzt den Hengst oder doch nur den Dackel? Vielleicht in der Reihenfolge? Kann ja auch sein, dass es klappt. Aber das Brot ist lecker, schon gemerkt? Ich brauche kein Fleisch. Das hier ist doch echt gut. Ich glaube, die rösten das Vollkornbrot etwas an. Und danke für die Feige!"

Klara lächelt verschmitzt. Wir essen erst mal die Teller leer. Ab und zu schaut sie mich an.

"Was machst du denn so, wenn du nicht gerade Saxofon spielst?"

Sie genießt die Feige als Nachtisch. Ich nehme die Dattel.

"Wieso willst du das wissen? Was machst du, wenn ich lesbisch bin?"

"Ganz klassisch. Erst mal dusseliger Hundeblick und dann noch zwei, drei Drinks, bis der Film reißt."

"Na, ganz toll, bist du wirklich so ein Macho-Typ? Ich studiere übrigens Kunst. Bin gerade bei klassischer Malerei und habe heute ein kleines Bild fertiggestellt. Im Stil der alten Holländer und zwar, soweit es ging, mit Original-Pigmenten. Falls dir das etwas sagt."

"Das klingt nach einer giftigen Angelegenheit."

"Stimmt, aber es gibt Läden, die noch Pigmente für die alten Rezepturen verkaufen. Es ist eine Studie, also eine Semesterarbeit, die ich machen wollte. Mich würde die Restauration von alter Kunst interessieren. Ja, so ist das."

"Hut ab! Da muss man ja immerhin, also denke ich jetzt mal, ungefähr so gut sein wie die alten Meister."

"Deshalb das Bild, du verstehst?"

"Hast du ein Bild vom Bild?"

Klara holt ihr Handy aus der Hosentasche, legt es mir nach etwas tippen hin.

"Das ist es. Muss nur noch trocknen. So was dauert leider eine ganze Weile."

Auf dem Foto ist ein Gemälde von einem Küstenstreifen zu sehen. Teile eines Schiffswracks und alte Planken ragen aus dem Sand heraus. Das Meer liegt unter einem Unwetterhimmel. Sonnenstrahlen blinzeln durch finstere Wolken, malen Schatten und durchscheinen eine Welle, die sich gerade bricht.

"Ach, du meine Güte, das ist stark!"

Das Bild zieht mich förmlich an diesen Strand. Mein Respekt vor dem Meer flammt auf. Ich bekomme eine Ahnung von der feuchten Luft, dem Geruch der See.

"Das ist der Hammer! Dieses Licht in der Welle. Ist mir ein Rätsel, wie du das hingekriegt hast, wirklich."

"Ist schon von Vorteil, wenn man's gelernt hat. Aber das ist mir auch gut gelungen und Mama hat mich unterstützt. Eigentlich ist es Sondermüll. Darf nicht in Schulen aufgehängt werden und so. Das Grün in der Welle zum Beispiel sollte eigentlich Mitisgrün sein. Nach einem Ignaz von Mitis benannt. Da wäre allerdings Arsen drin gewesen. Das wurde schon 1882 in Deutschland verboten, echtes Teufelszeug. Ansonsten Kobalt, Blei, Quecksilber, alle feinen Sachen sind da beisammen. Ich habe das Mitisgrün natürlich nicht verwendet. Es gibt gute, ungiftige Pigmente, die auch prima sind. Aber ein paar harmlosere Farben habe ich selbst hergestellt und vermalt wie früher, um zu dokumentieren, wie die Alten Meister gearbeitet haben. Gesund ist das trotzdem nicht. Die Ausarbeitung enthält detaillierte Informationen über die Eigenschaften, die Wirkung der Farben und über die Herstellungsverfahren. Ich habe natürlich bei den gefährlicheren Farben am offenen Fenster und mit Handschuhen und Maske gemalt. Es trocknet jetzt im Heizungskeller. Das ist eigentlich auch nicht so gut. Ich habe aber die Entlüftung auf Dauerbetrieb gestellt."

"Gefährlicher Job! Aber malen kannst du, so viel steht fest!"

"Danke! Und jetzt noch ein Drink. Ich bin natürlich nicht lesbisch, du brauchst also nur einen Drink. Oder musst du dir Mut antrinken? Bin ich vielleicht zu hässlich?"

Wie wird sie wohl erst nach dem nächsten Longdrink drauf sein. Ich ahne Böses.

"Hässlich bist du schon mal gar nicht und mich verlässt wirklich der Mut. Dann ist da noch die Sache mit der AS/400 und Herrn Kuhn, du bist die Tochter des Chefs. So langsam wird mir mulmig."

"Recht so!" Klara steht auf, nimmt unsere beiden Teller mit.

Ich bekomme gerade ein Gefühl dafür, welche Anteile meines Selbstbewusstseins nur antrainiert und schick sind. Die eigentliche

Substanz erscheint mir verschwindend gering. Mal sehen, was Bikini-Eve so zu bieten hat.

Klara hatte die Teller in den Catering-Raum gebracht, steuert zielstrebig eine Ecke mit Kuchen und einem Kaffeeautomaten an, winkt mich mit einer Kopfbewegung heran.

"Ich vergaß, wie gut das Tiramisu von denen ist. Kaffee wäre vielleicht auch nicht schlecht."

Als wäre sie in ihrer eigenen Küche unterwegs, nimmt sie zwei Schalen aus einem Kühlschrank mit Glastür.

"Espresso oder was anderes? Hier, halt mal. Löffel habe ich vergessen."

"Für mich bitte einen normalen schwarzen Kaffee."

Die Kaffeemaschine bereitet einen Espresso zu. Klara zeigt auf eine Reihe Thermoskannen daneben. "Da gibt's Kaffee für dich."

Am Anfang des Nachtischparcours sammelt sie Löffel und Servietten ein, legt alles auf ein Tablett und hält es mir hin. Inzwischen sind die Tassen gefüllt, Nachtisch und Kaffee stelle ich vorsichtig zwischen die Löffel.

"Drüben ist es gemütlicher."

Wieder an Bikini-Eve vorbei nehmen wir den Tisch von vorhin. Klara probiert schon den ersten Löffel und verdreht die Augen vor Genuss.

"Himmlisch!"

O ja, das ist mal wirklich lecker. Der Kaffee auch.

"Und schon wieder Alkohol!", lacht Klara los. "Heute bin ich wohl früh im Bett."

"Also, das Küchenteam ist spitze, alle Achtung!"

"Das ist der Hoflieferant von Papa. Vor Jahren war bei denen das Management verjüngt worden und bei einer Feier hatten sie eher so, na ja vielleicht nicht ganz gute Sachen angebracht. Weniger Leute und alles auf Sparflamme, obwohl die bis dahin ganz gut an uns verdient hatten. Da hat Papa den frisch ernannten Jungmanager so dermaßen zusammengefaltet, au weia, der passte anschließend in einen Umschlag. Die Rechnung wurde gar nicht erst gestellt. Seitdem ist es perfekt und kostet ein Heidengeld."

"Dein Vater ist schon ein Geschäftsmann der alten Schule. Nicht im negativen Sinne natürlich. Alles klar und korrekt, aber mogeln darf man bei deinem Vater nicht."

"Gut erkannt, Frank. Wenn dein Plan nicht funktioniert, hast du eine andere Schuhgröße."

"Ich muss es ihm wieder ausreden!" Da habe ich mir ja was eingebrockt.

"Erzähle bitte etwas mehr von deinem Saxofon."

"Mein Sax ist ziemlich alt, 1922 gebaut. Vorher hatte ich verschiedene Flöten gespielt, sogar eine schöne Querflöte so auf Mietbasis, zusammen mit Unterricht. Dann bekam ich heraus, dass es früher Melody-Saxofone gab, in C gestimmt. Da braucht man nicht zu transponieren. Dachte ich jedenfalls. Was stimmt, ist, dass man sofort Kinderlieder in C spielen kann, wenn man den Ansatz hinkriegt. Das war wohl auch so ungefähr der Grundgedanke damals."

"Ach so", überlege ich gerade. "Die sind ja sonst so abartig in Es und so gestimmt. Ist ja interessant. Davon hatte ich noch nichts gehört. Und woher hast du es?"

"Ebay macht's möglich! Das war aber erst der Anfang der Geschichte. Es hatte 300 Euro gekostet. Es fehlte nur das Mundstück. Kann ja nicht schlimm sein, dachte ich mir. Aber dann hatte ich irgendwann drei Mundstücke, diverse Schachteln mit Blättern, und es klang immer noch nicht so toll, sprach auch schlecht an. Die Töne kamen nicht alle. Mein Lehrer meinte, dass das Saxofon schon ziemlich abgenudelt wäre, und es müsste überarbeitet werden. Dann gab es nach langer Suche endlich einen älteren Herrn in Stuttgart, der gute Referenzen hatte und sich mit so alten Dingern auskannte. Nach fünf Wochen kam mein Saxofon zurück, es war poliert, teilweise nachversilbert und hatte neue Klappenpolster. Und es machte sofort Töne, ließ sich leicht bedienen, nichts klemmte, tolle Ansprache. Und dann musste ich bei Papa betteln gehen. 1100 Euro hatte die Reparatur gekostet."

"Nicht schlecht! Und jetzt ist es ein wertvolles Sammlerstück."

"Stimmt, ich musste Papa versprechen, den Motorradführerschein aufzugeben, dann wären wir wieder quitt. Zu seinem Geburtstag konnte ich ihm ein Ständchen bringen und da war er dann mein stolzer Papa. Du siehst also, selbst ich, die begnadete und so wohlerzogene Künstlerin, macht gelegentlich Fehler."

"Sehr beruhigend." Wir lächeln uns an.

Einen Moment lang schaue ich in den Raum. Mein Kopfkino jagt Bilder und Gefühle über die innere Leinwand. Da spüre ich ihren Blick. Der ist gerade und schnörkellos. Und als wollte der stabile Stuhl unter mir in einem Fahrstuhlschacht verschwinden, überkommt mich Schwerelosigkeit.

"Alles in Ordnung, mein Held?" Sagt sie, ohne den Blick zu lösen.

"Weißnich." Stammel ich nur.

Phase 3

Ungefähr zwanzig Jahre später, nach zwei Scheidungen und einer Insolvenz, sitze ich auf einem Campinghocker in der Fußgängerzone und spiele gerade *One* von U2. Wie immer mit dem etwas entschärften Text, den ich mir noch als Student zurecht gedichtet hatte. *We are one*, reicht für mich eigentlich als Aussage. Außerdem sind da noch ein Dutzend andere Songs, immer in der Schleife, bis der Akku meiner Stromversorgung leer ist.

Dann sind zwischen dreißig und sechzig Euro im Gitarrenkoffer. Manchmal verkaufe ich sogar CDs mit diesem Dutzend Songs und ein paar Aufnahmen aus alten Zeiten von der Studentenband. Von diesen CDs hatte ich mal hundert Stück gebrannt und die Umschläge in der Firma ausgedruckt und zurechtgeschnipselt. Ein Kumpel konnte die CDs bedrucken und bekam ein paar Bier ausgegeben. Jeder verkaufte Datenträger macht jetzt also zehn Euro zusätzlichen Reinverdienst!

Mir fällt ein sehr gut gekleideter Mann in den Fünfzigern auf, der jetzt schon drei, vier Songs lang zugehört hat und vor allem schon vor ungefähr zwei Stunden einen Stapel Zwei-Euro-Münzen in den Koffer geworfen hatte. Da wirkte er allerdings noch sehr getrieben, unruhig, vielleicht war er auch im Stress. Beim insgesamt dritten Mal *Dock Of The Bay* steigt der Akku meiner Stromversorgung aus. Feierabend. Ich bedanke mich bei den umstehenden Leuten, wünsche alles Gute und packe zusammen.

"Ich finde Ihre Musik gut. Die schönen alten Sachen. Sagen Sie mal, würde es Sie verletzen, wenn ich Ihnen ein Mittagessen ausgeben würde? Ich würde gerne mit Ihnen plaudern und Hunger habe ich auch."

Der Mann in den teuren Klamotten.

"Das hört sich sehr gut an. Ich bin hier gleich fertig. Machen Sie auch Musik?"

"Nein, leider nicht. Als mich meine Eltern dazu drängten, war es mir zu blöd, dann kamen das Studium und die Arbeit. Man muss ja auch nicht alles machen."

"Stimmt auch wieder. Den Fokus halten ist das Geheimnis."

Die Gitarre ist im Koffer. Die Münzen sind in dem kleinen Fach da drinnen geblieben. Die wenigen Scheine kamen ins Portemonnaie. In Summe waren es 51,50 Euro mit den zwei CDs, ein ganz guter Schnitt. Der Klapphocker und die kleine Verstärkeranlage sowie die Stromversorgung kommen in die Sporttasche. Die drei unverkauften Tonträger in das Seitenfach.

"Was kosten die?", fragt der Mann.

"Zehn Euro. Aber das können wir auch später klarmachen. Wo geht es denn hin? Haben Sie ein Stammlokal?"

"Samstags da vorne, der Mexikaner. Ich bin übrigens Markus."

"Cool. Ich bin Frank."

"Soll ich Ihnen etwas abnehmen? Also, dir, Frank!"

"Ja, gerne. Die Klampfe ist nicht so schwer." Markus bekommt den Koffer und es scheint ihm Spaß zu machen, wie ein Musiker herumzulaufen.

"Fühlt sich gut an." Er grinst.

Beim Mexikaner werden wir freundlich begrüßt, man kennt sich wohl gut. Ein Tisch weiter hinten am Fenster wird uns zugeteilt. Mein Zeug kommt sicher in die Ecke. Es ist genug Platz.

"Ich weiß schon, was ich nehme, aber lass dir ruhig Zeit. Die haben leckere Sachen hier. Und du nimmst alles, was du magst. No limits, okay?"

"Sounds good."

Natürlich habe ich die Brille nicht mit und die Schrift ist zu klein.

"Was nimmst du denn?"

"Das nennt sich Spezialitätenteller. Ist alles dabei, einmal quer durch die Küche."

"Mit Fleisch?"

"Ach so, ja. Aber sehr lecker. Du isst kein Fleisch?"

"Tendenziell nicht, aber unterdessen sehe ich das nicht mehr so verkniffen. Ja, los, das nehme ich dann auch."

"Bierchen?"

"Na klar, Markus zahlt ja!"

"Gut! Du bist ein irrer Typ. Auch nicht mehr ganz jung, aber mir scheint, jung geblieben."

Markus hatte dem Kellner zugewinkt und bestellt zweimal: wie immer.

"Na ja, Musik war früher Spaß und Zeitvertreib. Inzwischen ist es das Einzige, was Schwarzgeld generiert. Genauer gesagt: Ich beziehe Hartz 4, wohne in einer kleinen Bruchbude und habe vom alten Leben nur noch eine Brotdose mit Erinnerungen, die Klampfe da und das Zeug daneben. Na ja, und bevor mich der Insolvenzverwalter vom Hof jagte, konnte ich gerade noch zwei Laptops und ein bisschen Computerzeug abstauben."

"Scheidung?"

"Zweimal! Wie gesagt, Insolvenz mit einem Geschäft und dann irgendwie auf der ganzen Linie. Zwei Häuser gekauft und schlecht rausgekommen. Ich hatte nach dem Schlamassel natürlich auch normale Jobs probiert, aber dann kamen täglich Unterhalts- und sonstige Forderungen, Wiederaufnahmetermine, was weiß ich. Wenn ich mal Geld hatte, kam sofort jemand und wollte es verteilen. Ich hatte oft gar nichts mehr auf dem Konto, dann wieder ein paar Tausend, bis der nächste Gerichtsvollzieher kam. Also dann lieber gar nichts mehr und notgedrungen clever durchmogeln. Irgendwann sah man es mir wohl auch an und mir wurden immer schlechtere Jobs angeboten."

"Oh, Mist! Tut mir leid. Ich bin mehr der Feigling und mogele mich in sicheren Gefilden durch. Weißt du, zum Beispiel heute: Meine Frau geht regelmäßig samstags shoppen. Die lebt für ihr gutes Aussehen und schick zu sein. Dafür kann man sie dann natürlich auch überall vorzeigen. Also haben wir heute gefrühstückt und sind in die Stadt. Wir verabreden uns immer hier. Sie geht dann von einer Boutique zur anderen, lässt sich die Haare machen. Und ich, ich gehe zu einer Edelnutte, ein paar Blocks von hier. Die ist clever, weiß genau was läuft! Meine Klamotten kommen gleich in ein anderes Zimmer ohne ihren verdächtigen Parfumduft. Ich kann da duschen, die hat sogar mein Rasierwasser besorgt und den Deo-Stick, den ich immer benutze."

"Glückwunsch, Markus! Du hast es im Griff, total abgefahren."

"Ich habe ein gut gehendes Geschäft, betrüge meine Frau, während sie einkauft, und bin überall der erfolgreiche Saubermann. Leider würde ich gerne einfach abhauen. Vielleicht das Arschloch mal richtig ausleben, das ich auch ein Stück weit bin. Weißt du, nur stabile Schuhe, Taschenmesser und Kreditkarte. Na gut, Sonnenbrille muss noch sein. Immer cool und so! Und dann einfach in den nächsten Zug oder Flieger setzen und schauen, wo man landet. Das wär's mal."

"Wir können ja eine Woche tauschen! Vielleicht gefällt dir dein Leben dann wieder besser. Eigentlich will ich sagen, denk doch mal über Demut und Dankbarkeit nach. Vielleicht ein blöder Spruch jetzt, ich hoffe, du bezahlst trotzdem."

"Das Ding ist, dass ich danach suche, aber immer wieder von all diesen bescheuerten Mustern eingeholt werde. Du kannst ruhig ehrlich sein. Das ist nämlich sonst keiner."

So langsam wird es therapeutisch, fürchte ich. Egal, es wäre schön, wenn etwas herauskommt. Inzwischen gefallen mir solche Situationen. Ich habe nur die Möglichkeit, zu gewinnen, und ein anderer vielleicht auch.

"Ehrlichkeit ist wertvoll, wenn man es sich leisten kann."

Unser Essen kommt. Riesige Teller, voll beladen, wunderbar duftend. Das wird gut!

"Meine Güte, das ist super! Danke für die Einladung!"

Ein anderer Kellner bringt zwei große Gläser Bier.

"Frank, ich danke dir! Und ich werde dich möglicherweise noch weiter vollsülzen. Aber da musst du jetzt durch. Lass es dir schmecken!"

"Guten Appetit, Markus, und nochmals danke."

"Erst mal anstoßen!" Markus erhebt das Glas.

"Prost, auf uns."

Ein frisch gezapftes Bier! Meine Güte schmeckt das gut. Noch ein Schluck. Tut das gut!

"Das war schon mal klasse!"

Markus grinst und kaut bereits. Ich probiere mich durch. Es ist so lecker. Ein Genuss. Ja, den Fokus halten! Jetzt wird erst mal gediegen gegessen. Tatsächlich essen wir, ohne viele Worte zu wechseln. Als ich die letzten Saucenreste mit einer zerdrückten Kartoffel aufnehme, ist Markus schon fertig. Sein Teller ist nicht ganz so blank poliert wie meiner.

"Alter Schwede, das war klasse! Danke, Markus!"

"Hat's dir geschmeckt? Noch ein Bierchen?" Markus lehnt sich genüsslich zurück, winkt zum Kellner.

"Nee, jetzt ist es gut. Ich brauche eine Pause."

Markus zeigt auf das Bierglas und signalisiert, dass eines im Moment reicht.

"Du warst also auch schon mal selbstständig? Habe ich dich da richtig verstanden?"

"Ja, die Story ist nur nicht mein Glanzstück geworden. Ich Idiot hatte eine Superfrau geheiratet und war damit auch meinen bescheuerten Namen losgeworden. Junkers hieß ich eigentlich, aber den fand ich schon immer zu nationaldeutsch. Jedenfalls kam etwas später eine süße Tochter dazu, es war ein Leben mit allen Schikanen. Eine Zeit lang wurde der Alltag dann grauer. Wir hatten viel zu tun. Und dann bringe ich die Kleine eines Morgens in den Kindergarten. Anschließend fuhr ich zu einem Fortbildungsseminar nach Frankfurt. Bin früh dran, penne zwei Stunden und gehe runter an die Bar. Und da saß sie, sportlich, kurze Haare, freche Stimme, überhaupt eine freche Göre. Ich gebe den Supermacker, mit Prokura, Datenbankprogrammierer, Gitarrist und so. Schon nach fünf Minuten stellte sich raus, dass sie die Dozentin von diesem JBoss-Seminar ist, und nach einer knappen Stunde und weiteren Gin Tonics waren wir zusammen in der Kiste. Nach vier Tagen Seminar fragt die mich, ob ich in ihr Schulungsunternehmen einsteigen würde. Noch zweimal ins Bett und ich gebe dir 50 % von meinem Laden, sagte sie beim Duschen. Ich weiß nicht, wieso ich nicht einfach nach Hause gefahren bin. Einfach den Abenteuerstempel auf die Geschichte und fertig. Aber ich war völlig hormonumnebelt, in grenzenloser Selbstüberschätzung abgesoffen und bin dann echt falsch abgebogen. Von dem Moment an war ich jedenfalls im Arsch. Stress, Scheidung von der ersten Frau, dann wenig später von der zweiten, Schulden von den Häusern. Bei der neuen Lady machte ich zwar Schulungen, verdiente ganz gut, aber die hatte in ihrem Laden viel auf Pump gemacht. Wir stopften mit einem Loch das andere. Sie bekam Zwillinge. Die sind unterdessen schon erwachsen, aber ich habe auch die aus den Augen verloren. Das tut weh. Ich verdränge jeden Gedanken an diese Zeit. Das klappt mehr oder weniger gut. Jedenfalls ist dann ein Mitbewerber aufgetaucht und der machte Kooperationsangebote. Ich bekam nicht mit, dass der Typ was mit meiner neuen Lady anfängt. Wir strukturierten die Geschäfte neu, alles sehr schnell. Mir gehörte dann sozusagen eine Tochterfirma. Plötzlich lebte sie in Mainz und ich musste feststellen, dass mein Anteil am Geschäft größtenteils in Miesen auf allen erdenklichen Konten bestand. Die beiden hatten das ganz geschickt geregelt. Dann pleite, das zweite Haus unterm Hammer. Komischerweise ersteigerte ein anderer Ex von dieser Frau die schicke Hütte. Der war zu dem Zeitpunkt Banker und zockte mit Immobilien. Irgendwann bin ich wieder hierher, hatte nur so ungefähr das Zeug gerettet, das hinter dir steht, die Brotkiste und einen Rucksack mit ausgedientem Computerzeug. Ja, das war so die komprimierte Kurzfassung. Ich hab's so dermaßen gründlich versaut, das kann man sich kaum vorstellen."

Markus schaut mich mit großen Augen an, starrt dann nachdenklich auf den Tisch.

"Junkers kommt mir irgendwie bekannt vor. Aber du hast dich gut gehalten, trotz der Geschichte. Ich wäre vermutlich einfach verrückt geworden."

Das neue Bier ist fertig. Ich habe noch einen guten Schluck, behalte mein Glas in der Hand, als der Kellner abräumen will.

"Das ist keine romantische Geschichte. Tut mir leid, Frank. Wie viele Miese hast du noch?"

"Mal überlegen." Ich grabe in versiegelten Erinnerungen. "Ist eigentlich nur noch ein Posten, von dem zweiten Haus bei Frankfurt. Sind ungefähr 60.000. Aber da sind noch Unterhaltsforderungen. Mit etwas Schwarzgeld hatte ich mal auf Bitcoins gezockt und konnte fast 80.000 vom Haus ablösen. Leider wurde mir später mal der Strom abgestellt, und zwar an dem Tag, als ich einen guten Trade am Laufen hatte. Mit einem Hunderter-Hebel. Ich sah noch den Elektriker aus dem Keller kommen, habe um fünf Minuten Strom gebettelt, um den Trade zu stoppen, egal wie der Kurs steht. Aber der sagte, dass er in fünf Minuten Feierabend hätte und noch das Auto auf den Hof bringen müsste. Zwei Kumpels waren nicht erreichbar. Diese Powerstation, die da hinten in der Sporttasche ist, hatte ich erst später bei einer Messe abgestaubt. Ich bin dann in die Stadt, in ein Internetcafé. Der Typ dort musste erst mal die geblockte Phemex-Seite freigeben, damit ich sehen durfte, dass mein Trade gerade liquidiert worden war. Zwei Tage später hatte sich der Kurs zu meinem Einstiegspunkt verdreifacht. Bei einem Hebel von Hundert wäre ich erst mal aus dem Schneider gewesen. Ohne diese Kohle und ohne meinen Einsatz war dann allerdings endgültig der Ofen aus."

"Schon mal was von Stop Loss gehört?"

"Ja klar, bei solchen Trades bin ich nur zum Pinkeln vom Monitor weg. Ich war locker schon zehn Stunden drangesessen. Und das war kein Anlage-Trade, den man so laufen lässt. Das war extrem hart am Wind gezockt und kurz vor dem entscheidenden Breakpoint nach oben gab es einen kurzen Einbruch. Vermutlich genau deshalb, um

Zocker wie mich rauszubürsten. Danach ging es nur noch nach oben. Das war gerade am Beginn eines wirklich guten Runs. Ich hatte eben nicht damit gerechnet, dass der Strom wegbleibt."

"Ja klar. Erzähl weiter, interessiert mich wirklich. Weißt du, mein Leben hat keine Dynamik mehr, das ist auch nichts. Aber mach erst mal weiter."

"Um zu überleben, habe ich sogar WLAN-Passwörter gehackt und mit den Accounts T-Shirts bei Amazon bestellt. Bei dem Hochhauskomplex, hinten raus zum Rhein hin. Ein paar Ecken weiter sind noch mal Hochhäuser. Teilweise waren die Türen nicht in Ordnung und der Postbote legt die Pakete auf einem Tisch bei den Briefkästen ab. An unbenutzten Briefkästen habe ich fiktive Namen angeklebt. Das war natürlich nicht so schön, ich wusste mir nicht anders zu helfen. Inzwischen kaufe ich bei Kaschka, diesem kirchlichen Second-Hand-Laden. Ich mache fast nichts Illegales mehr. Höchstens noch aus Spaß, um nicht aus der Übung zu kommen."

"Respekt, du bist schon ein heißer Vogel. Und ich fühle mich lächerlicherweise schon wie der Pate, weil ich ab und zu meine Frau betrüge. Ein Witz! Na ja, andersherum gefragt, wenn ich mal IT-Sorgen habe, rufe ich dich an, richtig?"

"Genauso läuft das, Don Markus."

Markus muss sein Bier abstellen und wir lachen erst mal cool in Gangstermanier.

"Telefonieren wird schwierig. Ich klinke mich zwar gelegentlich in WLANs ein, um Leute anzurufen, aber normalerweise erreicht man mich nicht. Ich kann keine fixen Kosten für Telefon-Luxus gebrauchen."

"Frank, gut, dass ich dich angesprochen habe. Mein Leben fühlt sich plötzlich sinnvoller an und bei dir ist was schiefgegangen, klar. Aber wie du das geregelt kriegst, chapeau!"

"Es ist, wie es ist. Wenn man den Widerstand aufgibt wird es leichter. Und vielleicht setzt du einmal bei deiner Edelnutte aus und liest etwas über Quantenphysik, zum Beispiel den sogenannten Doppelspalt-Versuch. Wenn dir dabei ein Licht aufgeht, wird dir auch klar, dass der Stuhl, auf dem du sitzt, im Grunde genommen nur energetisiertes Vakuum ist. Vielleicht hat es auch mit Bewusstsein zu tun."

"Doppelspalt-Versuch? Gut, ist lange her. Bekomme ich nicht mehr auf die Reihe. Was hat es damit auf sich?"

"Der Versuch dokumentiert die Grenzen der Newton'schen Physik. Die haben geladene Teilchen durch einen Doppelspalt geschickt und mussten feststellen, dass sich die Dinger wie eine Welle verhalten, wenn man sich nicht für sie interessiert. Und wenn man sie beobachtet, verhalten sie sich wie Materieteilchen. Selbst Einstein soll gesagt haben, dass ihm wohler wäre, wenn er wirklich wüsste, dass der Mond auch dann noch da oben ist, wenn er ihn nicht anschaut."

"Wirklich?" Markus zieht die Augenbrauen hoch. "Gut, aber ich bin doch Materie und bekomme blaue Flecken, wenn ich irgendwo gegenrenne."

"Unsere dreidimensionale Welt ist wahrscheinlich nur die Projektion eines mehrdimensionalen Systems. Mit dem Thema im Kopf wird dir jedenfalls nie wieder langweilig sein."

"Das muss ich mal verinnerlichen. Danke, Frank. Oh, ausgerechnet jetzt. Da kommt meine Frau. Sie redet ein bisschen viel, halt es einfach aus. Ansonsten ist sie eine tolle Frau."

"Herzlich willkommen", höre ich den Kellner hinter mir sagen.

"Ach ja, da hinten, hallo, Schatz. Oh, du hast auch jemanden getroffen. Das ist ja toll. Und ich habe endlich die richtigen Schuhe für das Theater gefunden. Ich freue mich so, du weißt doch, ich suche schon ewig und schau mal, wen ich beim Friseur getroffen habe. Na so ein Zufall, oder Schatz?"

Ich habe sie sofort erkannt! Ihr Gesicht ist markanter geworden, aber das macht sie noch schöner. Die Brille erinnert an John Lennon. Gütiger Gott, meine Frau.

"Hallo, Klara", sage ich zum Erstaunen der anderen. Sie bleibt cool, hat mich vermutlich auch gleich erkannt.

"Hallo, Frank. Was machst du denn hier?"

"Nein, ihr kennt euch? Das ist ja eine Überraschung. Toll, ich sage ja immer: es gibt keine Zufälle. Nicht wahr, Markus? Aber jetzt müsst ihr mir wirklich alles ganz genau erzählen. Ich bin ja so gespannt."

Die Frau von Markus legt zwischenzeitlich ein Bündel Pakete und Tüten zu meiner Gitarre. Die hat aber gut eingekauft! Klara hat nur ein Täschchen dabei. Sie sieht wirklich gut aus. Dezent, aber sehr edel gekleidet. Genau wie früher.

"Komm, wir setzen uns. Ich brauche jetzt eine Erfrischung. Wie lange war ich unterwegs, Markus? Bestimmt zwei Stunden?"

Klara sitzt neben mir. Sie trägt das gleiche Parfum wie früher. Mich trifft fast der Schlag! Mir kommen die Tränen. Das überlebe ich nicht.

"Woher kennt ihr euch denn, erzähl doch mal Klara. Ich bin so gespannt!"

"Frank war mein Mann, daher kenne ich ihn, Yvonne."

Der entgleisen gerade alle Gesichtszüge, sie hält sich beide Hände vor den Mund.

"Oh nein, oh nein, Entschuldigung, das tut mir leid. Also, so was ist mir ja noch nie passiert. Oh nein, bitte entschuldigt. Das konnte ich doch gar nicht wissen. Oh nein, wie schrecklich."

Markus hat die Hand seiner Frau genommen und schüttelt sie liebevoll.

"Darf ich Ihnen etwas bringen?", fragt der Kellner ungerührt, mit eingeübter Freundlichkeit.

"Campari Orange und für den Herren Mojito de Cuba."

Klara schaut mich währenddessen an. Irgendwie ganz sachlich, das macht mir Angst.

"Was, zum Teufel, machst du hier?"

"Ähm, ein kleines Wasser bitte." Yvonne flüstert kaum hörbar. Der Kellner notiert.

"Bei Ihren Getränken muss ich zuerst nachschauen. Könnte es auch etwas anderes sein?"

"Nein, kann es nicht. Das schaffen Sie schon."

Mit großen Augen verschwindet der arme Mann wieder. Klara schaut mich immer noch mit diesem Blick an.

"Was machst du hier, in dieser Stadt?"

"Lebe ungefähr zwölf Jahre wieder hier."

Klara weicht zurück, schüttelt den Kopf. "Wieso bist du nicht bei deiner tollen Seminarleiterin in Frankfurt? Zwölf Jahre? Und warum sehe ich dich erst jetzt? Durch Zufall?"

"Das ging nicht lange gut und die hat mich abgezockt. Ich bin seitdem restlos erledigt."

"Du bist ja so was von einer Pfeife, Frank. Mir fehlen die Worte."

"Mineralwasser war hier. Campari Orange, bitte sehr, und Mojito des Hauses. Wo darf ich das notieren?"

Klara reißt energisch das kleine Täschchen auf. In einem Fach mit Reißverschluss ist ein Stapel Scheine. Sie klatscht einen 100-Euro-Schein auf den Tisch.

"Wenn das verbraucht ist, fragen Sie wieder!"

Wortlos nimmt der Kellner den Schein und verschwindet.

"Sag, Markus-Schatz, lassen wir die beiden jetzt vielleicht besser alleine? Ich habe schon genug Porzellan zerschlagen. Klara, bitte entschuldige! Ja? Bitte, bitte."

"Schon gut, Yvonne, das konntest du nicht wissen."

Mit sichtlicher Erleichterung rafft sie ihre neuen Schätze zusammen. Markus schaut mich achselzuckend an.

"Bis dann, Frank."

Klara mustert beide mit diesem schmerzhaft nüchternen Blick.

"Ja dann, wir sind dann mal weg." Yvonne winkt schüchtern mit einem Knicks. Markus bleibt an der Kasse stehen, löst sein Versprechen ein. Dann setzt sich Klara auf seinen Platz, mir gegenüber. Das Mineralwasser schüttet sie in den Topf einer welkenden Pflanze.

"Lass uns trinken, mein Freund."

Der Mojito schmeckt seltsam, enthält allerdings reichlich Alkohol. Klara wirft den Strohhalm in die Blumen auf der Fensterbank, trinkt halb aus.

"So, jetzt noch mal von vorne. Wie geht es dir?"

Ich schäme mich fürchterlich, kann sie nicht ansehen.

"Ich bin durch, bekomme Hartz 4, mit der Gitarre von früher da hinter dir habe ich heute 50 Euro schwarz verdient. Das ist wie ein Lottogewinn für mich. Ich habe alles zerstört und bin jetzt erledigt und habe es so verdient. Entschuldigung, es tut mir leid. Ich bin ein Idiot."

Ich heule, kann es nicht mehr kontrollieren, suche nach dem alten Bundeswehr-Taschentuch. Muss mein Gesicht verdecken, ich kann nicht mehr.

"Und ich dachte schon, dass du es dir in der Karibik gemütlich gemacht hast. Auf Unterhalt habe ich irgendwann verzichtet, weil ohnehin nichts mehr kam und du nicht mehr zu finden warst."

"Ich bin sogar zu feige, mich umzubringen. Es tut mir leid. Ich bin so ein Idiot!"

Klara niest und schnauft. Mit geschwollenen Augen suche ich ihren Blick. Sie weint auch. Oh nein, warum habe ich diese Frau verlassen für dieses ausgekochte Miststück. Ich Idiot!

Der Kellner reicht die gleichen Getränke noch einmal und verschwindet, so schnell er kann. Klara hatte wohl nachbestellt und trinkt jetzt das erste Glas aus. Ich habe meines noch halb voll. Sie tupft sich die Augen trocken, setzt die Brille wieder auf und lehnt sich an. Mit der Hand fährt sie durch die Haare, so wie früher.

"Willst du mal deine Tochter sehn?"

Mir schießen schon wieder Tränen in die Augen, ich wische in meinem Gesicht herum. Ein Schluck Alkohol, hoffentlich hilft das irgendwie. Ich nicke nur, kann gar nicht mehr sprechen. Klara holt ein iPhone der neusten Generation aus der Tasche.

"Schau mal", sagt sie dann sanft. Es ist eine wunderschöne, junge Frau auf dem Display zu sehen und weitere familiäre Bilder folgen.

"Das da ist ihr Italiener. Die ist noch tougher als ich, kann ich dir sagen."

Klara schnauft, klimpert mit den Augen, holt noch mal das Taschentuch heraus. Sie lacht kurz, wie überrascht.

"Ich habe schon sehr lange nicht mehr geweint."

Weiter geht es mit Bildern, nur Frauen! Ein paar Kinder. Und ein langhaariger Hippie. Ist sie alleine? Ist das ihr Freund oder Mann?

"Ich auch nicht, dachte schon das geht nicht mehr. Oh Gott, sie ist so schön! Sieht alles nach einer tollen Familie aus."

Klara nimmt wieder die Brille ab, tut so, als müsste sie niesen. Wir heulen. Nach einer Weile nimmt sie meine Hand. Das tut gut. Das zweite Glas leert sie wieder zur Hälfte. Ich versuche mitzuhalten. Bemerke, dass ich keinen Alkohol mehr vertrage.

"Sie hat Mamas Haare und deine Augen. Das ist fatal, wenn sie etwas von mir will. Ich habe keine Chance."

Es tut so weh, ich kann es nicht fassen.

"Wie erreiche ich dich?"

Klara tippt auf ihrem Handy.

"Ich habe keine richtige Telefonnummer. Kann dich aber anrufen, wenn ich ein offenes WLAN gefunden habe."

"Echt?" Sie schaut mich erstaunt an.

Ja, ich bin ein Penner geworden. Mir fällt der alte Herr Weinhaupt ein und mein erster Tag in der Firma.

"Wie geht es deinen Eltern?"

"Mama ist vor zwei Jahren plötzlich gestorben, das war sehr traurig. Papa ist endlich mit seiner Linda zusammen und kommt alle paar Wochen in der Firma zum Kaffeetrinken vorbei."

"Oh, das tut mir leid mit Anna. Ach Mensch, sorry!"

"Schlaganfall beim Autofahren. Sie ist in einen Kiosk reingefahren. Zum Glück war der schon geschlossen. Das kam sehr überraschend. Na ja, und wie bist du jetzt erreichbar?"

"Bist du sicher, dass du mit mir etwas zu tun haben möchtest?"

"Ehrlich gesagt, weiß ich das nicht."

Sie sucht wieder in der Tasche. Ich bekomme eine Visitenkarte. Da steht nur in schnörkelloser Schrift "Klara Weinhaupt" und eine E-Mail-Adresse auf edlem Büttenkarton.

"Ich habe immer noch Papas Durchwahl, weißt du sie noch?"

"1172?"

„Ja." Klara kullert wieder eine Träne über ihr Gesicht. "Au weia, das muss ich erst mal verdauen." Dabei nimmt sie wieder die Brille ab. Sie ist noch viel schöner als früher. Der Himmel stehe mir bei, ich bin so ein Idiot!

"Du machst also am Samstag hier irgendwo Musik, oder war das einmalig?"

"Ich probiere, samstags so gegen zehn da vorne in der Fußgängerzone einen Platz zu finden."

"Ich bin sonst niemals am Samstag in der Stadt. Da war mir immer zu viel los. Welche Gitarre ist das?"

"Die angebrannte mit den beiden P90."

"Die ist gut, ich erinnere mich. Ich weiß noch, dass dir das Holz nicht gefiel, und du bist mit der Lötlampe auf den Body losgegangen. Das konnte ich gar nicht mit ansehen. Und die anderen, die du gebaut hast. Zum Beispiel diese grüne mit den keltischen Symbolen. Die war auch toll."

"Ist verkauft, leider. Aber für gutes Geld. An einen Typen, der mit seinen Leuten so mittelalterliche Rockmusik gemacht hat."

"Wo das denn?" Klara ist interessiert. Das fühlt sich gut an. Warum habe ich sie nur verlassen?

"Die haben in und um Heidelberg herum ihr Unwesen getrieben. Ist aber auch schon ein paar Jahre her."

"Die hatte einen guten Klang. Und sah so schön aus. Dein Meisterstück."

"Ja, schade. Was ist mit deinem Saxofon?"

"Das ist immer noch in Betrieb. Lange hat es mich an dich erinnert und ist einige Jahre lang verstaubt. Aber seit einer ganzen Weile spiele ich wieder öfter."

"Das freut mich! Und ja, ich bin wirklich ein Riesenidiot!"

"Mit Sicherheit, mein Frank." Das sagte sie nun mit einem frechen Unterton.

"So, ich nehme mir jetzt ein Taxi. Ich denke darüber nach, ob ich dich sehen will oder nicht."

"Ja, verstehe ich. Mach das bitte."

Klara steht auf. "Oh, ich bin beschwipst, oh nein, mitten am Tag."

Sie berührt mich im Vorbeigehen kurz. "Mach's gut, Frank."

Ich schaue ihr nach. An der Kasse wartet der Kellner.

"Der Rest ist nicht Trinkgeld. Den Rest geben Sie dem Herrn da hinten, verstanden?"

Ohne einen weiteren Blick geht Klara raus und dann in die andere Richtung, sie verschwindet. Ich habe mich noch nie so einsam gefühlt. Nur noch raus hier, wohin weiß ich allerdings nicht. Das halbe Bier von Markus trinke ich auch noch aus, kann ich nicht einfach stehen lassen. Wo sind hier die Toiletten? Schwerfällig setze ich mich in Bewegung. Die waren, glaube ich, da vorne hinter der Kasse, vorbei an den kritischen Blicken des Kellners. Ich bin wie gerädert, voller Bauch, betrunken, reif für den Henker. Der Spiegel erinnert mich an mein Pennerdasein. Immerhin gut rasiert. Langhaarschneider-Frisur. Lagerfeld mit Alkohol gestreckt. Meine Güte, ich bin wirklich unten angekommen. An der Kasse erwartet mich wieder der Kellner.

"Hier ist der Rest von ... Sie wissen schon."

"Ja, danke sehr." Es sind 62,20 Euro, Donnerwetter! Ich nehme die Scheine, das Kleingeld bleibt in seiner Hand.

"Danke", sagt er etwas enttäuscht.

Mein Gepäck fühlt sich doppelt so schwer an. Nichts wie raus jetzt. In die Welt. Nach ein paar Minuten bin ich in dem Hinterhof, wo mein Fahrrad abgestellt ist. Ich schiebe mein bepacktes Rad durch die Stadt, bis weniger los ist. Und dann schiebe ich weiter, fühle mich total kraftlos. Schließlich tänzelt mir mein Nachbar besoffen grinsend aus der Haustür entgegen.

"Wohlan, es gelüstet mich nach einem Humpen edlen Gerstensaftes und einer Dirne niederen Standes! – Herr Professor, habe die Ehre."

Meine Güte, willkommen in der Unterwelt.

Diese sechzehn Quadratmeter sind meine unaufgeräumte Bruchbude, das Fahrrad fehlt noch als Deko. Draußen und im Keller kann ich es nicht stehen lassen. Das wurde da unten schon als Ersatzteil-Lieferant genutzt. Also bleibt es in der Wohnung. Ich lasse das Rad bepackt, ziehe nur die Schuhe aus, falle auf das Bett. Was für ein Tag. 111,50 Euro erbettelt. Das ist ein Haufen Geld. Gut gegessen, meine große Liebe wiedergesehen. Festgestellt, dass ich ein Idiot bin. Bis auf den letzten Punkt fast wie in alten Zeiten. Das

Leben ist schon der Hammer, ich könnte mich gerade kaputtlachen, wenn es nicht alles so schrecklich wäre. Über dem Bettpfosten hängt die Breitling, die mir Klara zum Geburtstag geschenkt hatte. Die trage ich nur hier in der Bruchbude, damit nichts mit ihr passiert und das Automatikuhrwerk in Schwung bleibt. Das Armband ist aus rostfreiem Damaststahl gearbeitet, von Hand, also von einem richtig guten Handwerker. Das ist der Wahnsinn. Ein Unikat. Die Uhr ist zwar wertvoll, sieht aber dezent aus, nach Understatement. Das ist genau das, was mir gefällt. Das gefiel mir auch an Klara. Alles, was sie machte, war dezent, aber immer exzellent und alles erschien wie veredelt oder gesegnet. Meine Güte, ich Idiot habe sie verlassen. Für dieses ausgekochte Luder. Ich Idiot.

Autsch, oh nee, ich bin halb aus dem Bett gefallen. War wohl eingeschlafen. Erst mal alle Knochen sortieren. Es ist schon dunkel. Kurz nach neun zeigt die Uhr an meinem Bettpfosten. So ganz wohl ist mir nicht. Die Bruchbude hat nur ein Waschbecken, keine Toilette. Vom Flur mit den Bruchbuden geht ein Trakt mit Bedürfniszellen ab. Meine Schüssel trägt die Nummer 11, genau wie die Bruchbude mit der Nummer 11. Die nächste Station ist ein Platz unter der Brücke, mit einem Bett aus Pappe und Zeitungen und einem Armeeschlafsack. So weit wird es hoffentlich nicht kommen. Das hier kann ich noch Jahre aushalten. Im Kampf mit Behörden gehärtet, kenne ich langsam alle Möglichkeiten und alle guten Informationsquellen. Und ich habe Hornhaut entwickelt, auf den Nerven und auf der Seele.

Nach dem modernen Spatengang auf der Schüssel Nummer 11 geht es besser. Meine Bruchbude empfängt mich mit Räucherstäbchen-Duft. Schön, ein paar Rituale sind geblieben. Aber ich bin wie gelähmt, muss andauernd an Klara denken. Vor einem Jahr ungefähr war ich abends mit dem Rad in der Nähe der Firma herumgefahren und sah sie schließlich in dem schönen, alten Opel Diplomat davonfahren. Mit dem unvergessenen Motorsound des 8-Zylinders. Es ist die lange Ausführung von 1975. Eine Legende. Und Klara hat dieses Schmuckstück von ihrem Vater übernommen. Im Netz wurde publiziert, dass sie in der Firma das Kommando übernommen hatte. Auf der Homepage sind Bilder. Auf einem ist sie an dem großen Schreibtisch abgebildet. Das hatte ich schon vor längerer Zeit kopiert und etwas zurechtgeschnitten und dann beim Drogeriemarkt ausdrucken lassen. Sie ist großartig. Und ich bin ein Idiot.

Bei Aushilfsarbeiten in einem Kaufhaus hatte ich vor vielleicht zwei Jahren mal einen ganzen Karton Don Papa mitgehen lassen. Wir Aushilfen durften uns abgelaufene Lebensmittel mitnehmen. Ich fragte den Filialleiter, ob ich den leeren Karton für den Transport bekommen könnte. Der prüfte noch kurz, ob der auch wirklich leer ist, wusste aber nichts von dem vollen Karton, den ich vorher beiseitegeschafft hatte. Unterm Bett ganz hinten sind noch drei Flaschen. Ich fürchte, dass ich heute einen anständigen Rum brauche und vielleicht eine Zigarette am offenen Fenster.

Unter dem Bett ist neben jeder Menge Staub und Flusen auch die Brotkiste aus Blech. Die hatte meine Oma gegen Ende des Krieges bei der Flucht aus Gotenhafen mitgenommen. Heute heißt die Stadt anders, kenne den Namen nicht. Als ich Kind war, landete diese Brotkiste schon mal auf dem Müll, weil Oma nichts mehr mit den alten Zeiten zu tun haben wollte. Da habe ich sie schon zum ersten Mal gerettet. Mein Vater wollte die Kiste wieder sofort entsorgen, als er sie Jahre später bei mir im Kinderzimmer entdeckte. Jetzt sind Erinnerungsstücke darin aufbewahrt. Eine Monatskarte aus meiner Schulzeit, die Uhr meines Vaters, die er sich von seinem ersten Lehrlingslohn kaufte. Seinen ersten Füller mit einer Goldfeder. Außerdem sind da Briefe meines Onkels, die er aus Vietnam nach Hause schrieb. Briefe von Klara aus der guten Zeit und ein Gefrierbeutel mit einem schwarzen Unterhemd von ihr. Der Duft von

Jil Sanders Woman No. 3 ist immer noch zu erahnen. Ich breite es respektvoll auf meinem Lesekissen aus. Das stecke ich mir sonst in den Nacken, um bei längerer Lektüre keinen steifen Hals zu bekommen. Klaras Hemd hat einen Spitzenbesatz. Sie sah toll darin aus. Neben den Rumflaschen ist eine Pappschachtel mit Schokolade. Nougat. Natürlich, das ist für mich das Größte. Die Flasche ist noch versiegelt. Mit dem Taschenmesser mache ich einen sauberen Schnitt. Der Korken, in ein Stück Holz eingelassen, riecht schon verlockend. Ein Schluck aus der Flasche. Der Rum brennt zwar etwas, aber die Aromen sind gigantisch. Neben dem Bett steht ein kleiner, runder Tisch mit meiner Brille und einem Glas, das ich heute nicht brauche. Bei meiner aktuellen Alkohol-Kondition wird das Fest ohnehin nicht sehr lange gehen. Ein Stück Schokolade, ein Schluck Rum, dann lese ich nach und nach die Briefe von Klara und von meinem Onkel. Zwischendurch Rum und Schokolade. Ab und zu streiche ich vorsichtig mit dem Handrücken über das Hemd, schnuppere daran, weine wieder. Zum Schluss finde ich im Scram-off-Rucksack Schmerztabletten, die mir über den ersten Kater hinweghelfen sollen. Eine lege ich noch zu dem Wasserglas auf dem Tisch. Rumflasche und die letzten Schokoladenrippen werden sorgsam verpackt. Klaras Hemdchen kommt zusammengelegt wieder in die Tüte und dann zu den anderen Schätzen und verschwindet unter dem Bett. Fenster auf Kipp. Das war's! Mühsam streife ich Hose und Hemd ab. Schlafen!

Phase 4

Die Hoffnung, dass Klara einen Grund gefunden haben könnte, in die Stadt zu kommen, ließ mich nicht mehr zur Ruhe kommen. Um sieben Uhr ging ich im Keller duschen. Wie immer mit der Heißwassermünze vom Hausmeister, die in meinem Fall allerdings an einem hauchdünnen Stück Stahlvorfach aus dem Anglerladen hängt, und nachdem sie den Schalter in diesem Abzockerautomaten für warmes Duschwasser betätigt hat, wieder den Weg zurück in meine Bademanteltasche findet.

Jetzt stehe ich etwas abseits mit der Gitarre, wo ich hoffentlich keinen Ordnungshüter störe, und spiele die guten alten Songs. Ein kleiner MP3-Player liefert Backing Tracks und einige Karaoke-Begleitung zu den Liedern. Der Pignose-Verstärker mit seinem kratzigen Klang bringt dann über eine kleine Schaltung Gitarre und MP3-Band zusammengemischt auf die richtige Lautstärke. Damit komme ich dann auch nicht durcheinander und fühle mich wie Teil einer Band. Die Schleife ist schon einmal durch. Bei *Dock Of The Bay* von Otis Redding tauchen weiter hinten zwei Frauen auf, ungefähr gleich groß. Sie unterhalten sich lebhaft, vielleicht auch kontrovers. Ich werde nervös. Könnten das etwa Klara und Leonie sein. Zum Glück ist der Song vorbei. Ein paar Leute klatschen. Schnell springe ich zu dem MP3-Player, drücke zunächst mal auf Stopp. Nervös suche ich nach den beiden in der Menschenmenge. Vielleicht sind es noch vierzig Meter, zumindest erkenne ich Klara. Das sind sie, beide! Das Kabel ist kurz, ich muss mich mit Gitarre um den Hals zu dem Player bücken und noch ein paar Songs weitergehen. Da ist es: *One!* – Nein, lieber eins weiter. *You've got a friend*, von Carole King. Den muss ich ihr jetzt spielen.

Es geht los. Meine Stimme wird immer brüchiger, je näher sie kommen. Bei den anderen Zuhörern bleiben sie stehen, Klara muss niesen, nimmt die Brille ab. Daneben, das muss Leonie sein. Sie hat weiche Gesichtszüge und einen skeptischen Blick. Stimmt, die Haare fallen wie die von Anna und sind heller, etwas rötlich, wunderschön.

Nicht mehr so ganz bei der Sache, bekomme ich den Song zu Ende und schalte dann schnell den Player ab. Die beiden klatschen, Leonie lächelt endlich. Jemand schenkt mir ein paar Münzen. "Vielen Dank. Jetzt ist eine kleine Pause, Danke schön. Bis später."

"Du bist ganz schön smart, mein Papa!"

"Danke!" Mehr bekomme ich nicht heraus. Klara putzt sich die Nase.

"Hallo, Frank. Das war schön. Wie geht es dir? Ich brauchte Unterstützung heute. Ohne Leonie hätte ich es nicht geschafft."

"Ich bin gerade ... ich weiß gar nicht was. Schön, euch beide zu sehen!"

"Ich musste viel reden, bis sich Mama endlich erweichen ließ. Schwerstarbeit war das!"

"Kann ich mir vorstellen, ich bin auch ein ziemlicher Idiot. Wirklich, ich weiß nicht, was ich sagen soll. Schön, euch zu sehen."

Jemand kommt aus der Seitenstraße angelaufen. Na, so was, Markus? Was ist denn mit dem los?

"Frank!" Er bleibt neben uns stehen, ist völlig außer Atem, stützt sich auf den Knien ab.

"Frank, Moment noch." Dann sieht er erst Klara.

"Oh, Klara, entschuldige, ich fahre euch wohl gerade in die Parade, nicht wahr?"

"Stimmt!", sagt Klara und schaut ihn erstaunt an.

"Ihr kriegt von mir eine Woche Malediven oder Venedig oder was ihr wollt, aber ich brauche dringend Franks Hilfe. Ich habe einen

Hackerangriff. Frank, du musst mir helfen! Ich mache alles wieder gut, versprochen!"

"Mist, ja warte, also das ist gerade unglücklich. Was ist denn genau los bei dir?"

"Meine Logistik mit allen Beständen ist blockiert. Ich bekomme keine Bestandsinfos mehr, kann nichts verkaufen, alles blockiert!"

"Haben dich die Hacker kontaktiert?"

"Nein, nichts. Seit Mittwochmorgen, alles blockiert!"

"Markus, beruhige dich bitte, kurz sachlich und klar werden. Das ist schlimm, aber es gibt immer einen Ausweg." Klara legt den Arm auf seine Schultern.

"Ja, hast Recht, verdammt. Frank, bitte komm mit, ich setze auf dich."

"Aber sag mal, hast du keinen Administrator in deiner Firma, der sich mit der Anlage auskennt?"

"Das ist es ja. Der kennt sich eher mit Windows aus. Die Datenbanken liegen aber auf einem Unix-Server. Der Bursche verzweifelt auch schon, kriegt es nicht hin."

"Tut mir leid." Ich schaue Klara an. "Wir müssen trotzdem mal zusammen reden, finde ich."

Unterdessen ziehe ich schon die Kabel, verstaue den MP3-Player in der Hosentasche. Die Scheine in die andere Tasche, Kleingeld ins Fach, Gitarre rein, Koffer zu. Jetzt noch die Stromversorgung, Verstärker, die restlichen CDs in die Seitentasche.

"Den müssen wir uns warmhalten, Mama. Hast du gehört?"

Die beiden Frauen tuscheln und kichern.

"Der ist nichts für kleine Mädchen, verstanden?"

Markus ist total nervös, versucht zu helfen.

"Hier, nimm bitte den Koffer."

"Startklar? Und ihr alle bekommt, was ihr wollt, wenn ich das überlebe, versprochen!"

"Das wird teuer, Markus. – Entschuldige! Aber das wird schon, Frank ist gut, der rettet dich."

"Klara, ich bin sonst erledigt. Bitte nicht sauer sein."

"Nun geht schon los, die Hacker warten nicht."

"Frank, da vorne, das Parkhaus."

Ich schau mich noch mal um. Beide winken kurz. Markus hat schon Vorsprung. Er zahlt den Parkschein mit Karte, springt in den Fahrstuhl.

"Frank, ich setze auf dich. Hast du schon eine Idee, wie wir vorgehen können?"

"Ich denke schon nach. Wir müssen bei mir vorbeifahren. Ich brauche die alten Laptops, Unterlagen und vielleicht die Spezial-Hardware. Und meine Brille."

"Machen wir. Kein Problem."

Markus steuert einen SUV mit Stern an, der blinkt zur Begrüßung. Mein Zeug kommt auf den Rücksitz. Markus ist sogar sehr vorsichtig mit dem Gitarrenkoffer.

"Geht das so?"

"Ja, klar. Ich zeig dir den Weg."

Das Auto ist ein Riesenschiff, der Motor klingt nach vielen Litern Hubraum, als Markus startet. Wir verlassen die Garage, folgen zunächst der Einbahnstraße. Dann gebe ich Markus Zeichen an jeder Abbiegung und versuche nachzudenken.

"Hast du schon einen Plan, Frank?"

"Ich muss zuerst überlegen, was ich brauche. Dann müssen wir sozusagen erst mal taxometrisch alles sammeln, was damit in Zusammenhang stehen könnte. Also, alles sortieren, kategorisieren und so weiter. Zuerst das Funknetz prüfen, alle Historien und Verlaufsinformationen sichern. Auch auf der Unix-Umgebung, soweit das möglich ist. Hat dein Administrator alle Zugangsdaten? Root User und so. Hast du einen Service-Vertrag für die Hardware, externe Leute, die das System betreuen?"

"Unterlagen sollten wir haben, das hoffe ich doch mal. Ansonsten kommen die Leute von SUN nur wegen größerer Updates ins Haus."

"So, da vorne rechts, das Haus mit den vielen Klingeln und Briefkästen. Müsste schnell gehen, Erdgeschoss, Appartement 11 in diesem Hilton-Light."

Wir halten direkt vor der Tür auf dem Bürgersteig. Die Stromversorgung, die vorhin noch den Verstärker antrieb, stelle ich in den Fußraum, packe das Netzgerät dazu. Mit dem Rest trabe ich ins Haus. Mein netter Nachbar spricht gerade mit einem anderen Typen im Flur.

"Der Herr Professor, habe die Ehre!"

Alle lachen sich kaputt. In der Bruchbude kommen die Gitarre und die Sporttasche auf das Bett. Zum Glück habe ich die wichtigen Sachen in Rucksäcken griffbereit im Schrank. Also los, einer auf die Schultern, den anderen unter den Arm und raus. Halt, Brille! Sonst noch was? Den Ordner mit Dokus von Hak5 und den gesammelten Werken der IT-Welt. So, jetzt aber.

Draußen pinkelt mein netter Nachbar das schöne Auto von Markus an.

"Kannst du nicht den Busch da drüben nehmen? Mann, Mann, Mann!"

"Ach, der Professor hat einen reichen Freund. Gut zu wissen."

"Lass mich da hin. Keine Zeit."

Die Tür ist verriegelt. Markus öffnet wieder. Ich werfe meine Sachen hinten rein. Als ich wieder neben ihm sitze, schließt Markus sofort wieder ab.

"Hat er dich genervt? Sorry, ist nicht die beste Gegend."

"Schon gut, weg hier. Das ist ja vielleicht ein Typ. Wie hältst du das aus, Frank?"

"Im Fokus bleiben und ein dickes Fell antrainieren."

"Hast mal 'ne Zigarette, hast mal 'ne Mark, dann veredel ich dir eben die Felgen. Ist doch in Ordnung oder? – Das war schon komisch. Egal, hast du alles, was du brauchst?"

"Tut mir leid, es gibt aber auch fast normale Leute hier. Der Bursche ist übrigens, wenn er nur mäßig verkatert ist und nicht schon wieder angetrunken, ganz in Ordnung. Ist jahrelang mit einer kleinen Theatergruppe in ganz Europa unterwegs gewesen. Der hatte dann auch Pech mit einer Frau. Ja, ich denke, ich habe alles, was wir brauchen. Rechner, Dokumentationen, Scanner für Funknetze, Kabel und den Scram-off-Rucksack für alle Fälle."

"Was für einen Rucksack?"

"Da ist alles drin, um abzuhauen. Ein paar Klamotten, Papiere, Telefon- und Adresslisten. Notfutter, Werkzeug zum Ein- und Ausbrechen. Na ja, ich bin Sternzeichen Skeptiker."

"Wow! Na dann ab ins Büro. Das mit Klara sah ganz gut aus. Tut mir leid, dass ich da reinfunken musste."

"Ja, ich hoffe auf etwas Gnade, vielleicht ab und zu mal reden. Keine Ahnung."

Nach zehn Minuten sind wir abseits einer Siedlung und halten vor einem modernen, großen Haus.

"Da wären wir."

Mit meinem Gepäck folge ich Markus, das Auto blinkt wieder. Dann schnarrt die Eingangstür. Wir werden von einer nicht ganz jungen Dame begrüßt.

"Frau Schuhmann, Frank, der Anti-Hacker."

"Gut, dass Sie da sind, ich habe langsam Panik."

"Hoffentlich kann ich helfen. Hast du schon bei SUN nachgefragt, was ist mit der Polizei?"

"SUN kommt erst am Dienstag. Bin kein Premiumkunde. Ach, da ist Herr Walter, also, Axel Walter. Systemadministrator bei uns."

"Ja, hallo. Also, Chef, ich kann nicht mehr. Ich muss langsam mal raus und durchatmen."

"Herr Walter, wir brauchen alle Admin-Benutzer mit Passwörtern, ein Netzplan wäre gut, gibt es Konsolenzugänge an den Maschinen?", möchte ich wissen.

Der Herr Walter schaut Markus fragend an.

"Ja, mach schon, alles, was du hast. Einfach alles!"

"Hier die Stromversorgung muss ans Stromnetz, da ist nicht mehr viel Saft drauf. Ist nur zur Sicherheit, falls wir irgendwie mobil was machen müssen. Meine Laptops haben keine Akkus mehr. Das Zeug ist alles über zehn Jahre alt. Und einen Platz zum Arbeiten, Flipchart vielleicht."

"Ja, Frau Schuhmann, dann gehen wir am besten in den Konferenzraum, da können wir uns gut einrichten. Und Kaffee bitte, und haben Sie was zu essen? Ich hole Alkohol aus meinem Büro. Ich brauche jetzt was."

Wir setzen uns in Bewegung. Frau Schuhmann geht vor.

"Frank, wir kennen uns von früher, von der Firma Weinhaupt. Ich habe dich nicht gleich erkannt, sorry. Yvonne hat mir alles erzählt, nachdem sie mit Klara stundenlang gesprochen hatte."

Ach ja, es hat auch bei mir länger gedauert. Da steht es doch an der Wand. Wiggerts GmbH – Ihr Partner bei Entsorgungsfragen.

"Mist, ja klar. Oh Mann. Bereden wir später noch. Ach du meine Güte. Die Welt ist klein!"

"Kann ich gehen?" Der Herr Walter steht da, mit ein paar Ordnern, gekrümmt und leidend.

"Also, wenn Sie gerade noch ein paar Minuten hätten, wäre das prima. Ich brauche alle Zugangsdaten und vielleicht noch Infos über das, was Ihnen sonst noch aufgefallen ist. Jetzt konkret und im Vorfeld."

Herr Walter schaut seinen Chef fragend an. "Was soll ich denn noch machen? Die Zugriffsrechte wurden ohne unser Zutun von außen geändert. Wenn ich die wieder zurücksetze, werden die nach spätestens einer halben Stunde wieder manipuliert."

"So konnten wir immerhin ein paar Aufträge erledigen."

Frau Schuhmann öffnet die Tür zum Konferenzraum. "Es ist aber das Meiste unerledigt." Dabei zeigt sie auf einen Arbeitsplatz. "Ich melde mich da an, dann können Sie von dort arbeiten."

Die Rucksäcke lege ich auf dem Tisch ab. Meine Powerstation zur Stromversorgung der Rechner, für den Fall, dass wir irgendwo mal keinen Strom aus der Steckdose haben, kommt auf eine Kommode.

Das Netzteil liefert bereits Energie, alles blinkt. Ich steuere das Flipchart Board an.

"Haben Sie noch etwas Schreibmaterial für mich?"

"Eins nach dem anderen, Herr Frank. Ich melde mich gerade für Sie an."

"Ich habe eigentlich alles gesagt. Markus, du bist doch auf dem Stand. Ich geh jetzt nach Hause."

"Halt, stopp! Herhören, Leute! Wir haben eine existenzbedrohende Situation. Frank kann uns den verwöhnten Arsch retten. Ich will sofort alle Netzpläne, Unterlagen über die Systeme, Passwörter, Benutzer, einfach alles hier auf dem Tisch haben, sonst kriege ich eine Krise! Frau Schuhmann, schreiben Sie auch alle Benutzer- und Zugangsdaten auf, die Sie kennen. Ohne Adminrechte kann Frank nichts machen, das ist doch wohl klar, oder nicht?"

"Auf deine Verantwortung, Markus." Herr Walter ist nicht so angetan.

"Was denn sonst, Axel! Wenn das hier schiefgeht, stehst du beim Arbeitsamt und ich kann mir eine Kugel durch den Kopf jagen!"

"Ich brauche nur nach Frankfurt zu gehen, da habe ich sofort wieder einen Job. Ist ja gut, bin gleich wieder da, Chef."

Frau Schuhmann schaut mich eher verächtlich an. Notiert auf einem Blatt Papier, schaut nachdenklich in die Luft, schreibt weiter.

"So, mehr kenne ich nicht." Sie schiebt den Zettel zu uns rüber.

Meine beiden Laptops sind inzwischen auch startklar. In der Mitte des großen Tisches sind Klappen, hinter denen LAN-Anschlüsse und Steckdosen und aufgewickelte Netzkabel sind. Der Kali-Rechner bekommt Netzwerkzugang. Ich starte erst mal eine erste Netzwerkanalyse.

"Kannst du das lesen?", fragt mich Markus und hält mir kurz den Zettel hin. Die Schrift ist schön, aber eher ein Kunstwerk.

"Frau Schuhmann, Sie schreiben die Passwörter da jetzt in Druckschrift hin. Dann können Sie gehen. Lassen Sie das Handy an. Und kommen Sie nicht auf die Idee, mich wegzudrücken, wenn ich sie anrufe."

"Was ist mit Kaffee, Herr Wiggerts?"

Frau Schuhmann schreibt erneut was auf den Zettel, streicht Teile des Kunstwerkes durch.

"Vergessen Sie den Kaffee, das kann ich auch. Zeigen Sie mal her. Gut, besser. Ja, Schreibzeug finde ich auch, Frau Schuhmann."

Sie holte gerade Luft für eine Bemerkung und pustet dann nur kopfschüttelnd. Dann stolziert sie energischen Schrittes raus, rennt fast den Herrn Walter über den Haufen.

"So, mehr hab auch ich wirklich nicht. Das sind alle User und Passwörter. Da drin ist auch der Netzplan mit der Hardware. Über Putty meldet man sich auf der Unix-Umgebung an."

"Danke, Axel. Jetzt erhol dich erst mal. Lass das Handy an."

"Ja ja, lass ich an." Herr Walter schlurft schon wieder weg.

"Die machen mich wahnsinnig! Gleich haben wir unsere Ruhe. Ich setze Kaffee auf."

Markus verschwindet. Im Hintergrund reden Herr Walter und Frau Schuhmann, dann fällt die Eingangstür zu. Stille. Geschirr klappert. Hier kocht jetzt der Chef persönlich.

Auf dem Bildschirm des Rechners, den Frau Schuhmann gerade gestartet hatte, ist ein einfaches Menü zu sehen. Zuerst schau ich mir aber die Benutzerdefinitionen an, vielleicht ist unter Windows schon ein Übeltäter auszumachen. Gut, da sind verschiedene Benutzer, die auch auf dem Zettel stehen. Warte mal, da sind zwei Gast-Benutzer. Was ist das denn? Der Gast-Zugang fragt nach dem Passwort, das mir der Zettel verrät. Ja, so weit so gut. Welcher von den beiden ist das jetzt? Und man kann doch nicht zwei Benutzer mit dem gleichen Namen anlegen! In den Definitionen kopiere ich mir die Namen heraus und stelle fest, dass der eine Gast noch ein Leerzeichen hinter dem letzten Buchstaben hat, als Bestandteil des Namens. Ganz schön clever. Mal schauen. Die Anmeldung als Gast mit einer Leerstelle nach dem letzten Buchstaben klappt nicht. Ein HEX-Editor im Internet verrät einen hexadezimalen Wert von FF an dieser Stelle. Das ist dezimal die Zahl 255 und auf keinen Fall ein normales Leerzeichen. Das wäre, wenn ich mich richtig erinnere, HEX20. Egal!

Nächster Versuch mit dem erweiterten Benutzer "Gast". Bei gedrückter ALT-Taste tippe ich die 255 hinter dem letzten Buchstaben ein. Siehe da, das System fragt mich nach dem Passwort. Das kennt nur der Hacker. Ich mache eine Notiz für später. Zurück zum Büro-Menü für die täglichen Arbeiten. Unter anderem gibt es den Punkt "Lager". Ich probiere also die Nummer 5. Es sollte hier die Datenbank abgefragt werden. Das klappt nicht, stattdessen geht ein Fenster mit einer Fehlermeldung auf: access denied for user lager@localhost. Ja, das ist wohl das Problem. In der Taskleiste gibt es Putty, das mir einen direkten Zugang verschaffen sollte. Mal sehen. Zwei Maschinen stehen zur Auswahl. Die Passwörter sind hinterlegt. Ich habe jetzt ein Unix-Fenster mit einem kleinen Menü. Der Benutzer heißt SEK-1. Ich lege ein neues Verzeichnis an. Leite dann die Historie dorthin in eine Datei um. Die ist verhältnismäßig klein, enthält nur meine Befehle. Offensichtlich wird beim Abmelden alles gelöscht. Auf den Root-Benutzer komme ich hier nicht. Das ist auch sinnvoll. Dafür gibt es noch den Eintrag ALWA-1 unter Putty. Klingt nach AxeL WAlter, würde ich sagen. Und dieses Anmeldeskript fragt nach einem Passwort. Einer der Zettel verrät es mir: ALWA$RooT0$. Immerhin mit Sonderzeichen. Als Root das Gleiche in Grün, Verzeichnis erstellen, Historie sichern. Nanu, da stehen auch nur meine Aktionen drin. Ich suche die Crontab, dort trägt man Dinge ein, die zyklisch gestartet werden sollen. Und das darf ich nicht ansehen! Als Root! Da stimmt was nicht. Ich kopiere die Crontab in das temporäre System-Verzeichnis, das darf ich immerhin. Unter /tmp kann ich für diese Datei neue Rechte vergeben. Der unbekannte Hack-Man hat nicht an alles gedacht. Die Liste ist lang. Zyklische Sicherungen. Programmaufrufe. Und siehe da! Da wird alle 30 Minuten das Skript STATISTIK0$ gestartet. Die anderen Einträge sind sprechender wie Kopie_Auftrags_Bestaetigung, eben Begriffe, die etwas mehr sagen. Unter /usr/bin sind etliche Programme, aber kein STATISTIK0$. Schließlich finde ich es unter /opt/all4U. Und das Ding läuft mit Root-Rechten und prüft die Zugriffsrechte von bestimmten Verzeichnissen. Wenn die nicht auf 0 stehen, wird eine Datei via SCP verschickt, alles wird wieder blockiert und die Historie gelöscht.

"Markus! Ich hab da was!"

Einen Moment später kommt er mit einem Tablett herein. Tassen, Gläser, Sprudel und eine Schnapsflasche.

"Kaffee läuft noch. Hast du schon was gefunden?"

"Auf der Unix-Umgebung läuft alle 30 Minuten ein Skript, das die Zugriffsrechte blockiert, sozusagen, und dann sogar eine Nachricht verschickt."

Markus beugt sich zum Monitor.

"Ich versteh davon zu wenig. Das war's schon?"

"Technisch gesehen schon. Das Ding sperrt den Zugriff auf deine Daten, aber die wichtigere Frage ist, wie ist das Skript dort hingekommen und an wen da über SCP berichtet wird. Ich schau mir jetzt mal das Netz an. Ist in der Woche mal eine seltsame E-Mail gekommen. Hattest du Besuch, der sich hier vielleicht mit einem Laptop in deinem Netz angemeldet hat, irgendwas in der Art?"

"Normalerweise funktioniert der Spamfilter ganz gut. Ich habe schon lange nichts Komisches mehr gesehen. Besucher kommen selten, wird ja alles elektrisch abgewickelt. Also per Mail und telefonisch. Sind ja meistens altbekannte Kunden. Willst du auch einen Whiskey?"

Markus schenkt sich ein Wasserglas halb voll.

"Danke, erst mal die Arbeit. Ja, sehr komisch. Ich untersuche mal die Netzeinträge, da muss ja die Maschine eingetragen sein, an die automatisch berichtet wird. Aber wie kommen solche Einträge zustande? Sag mal, auf deinen Herrn Axel kannst du dich verlassen?"

Markus lacht kurz hysterisch, zieht die Brauen hoch.

"Dem geht's hier doch gut. Der hat ein Geschäftsauto, obwohl er eigentlich keines braucht. Geld kriegt er auch reichlich. Ist leider so ein introvertierter Mensch, schwer zugänglich. Also, das kann ich mir nicht vorstellen, dass der nach Veränderungen sucht. Eher umgekehrt."

"Unter DCHP ist ein Eintrag namens STATISTIK0$2HOME und eine IP-Adresse. Wenn das von außen kam, müsste der Mail-Server davon wissen."

Ein Schluck Wasser tut gut. Dann kommt Markus mit Kaffee.

"Gute Idee, Zucker bitte."

Chef schenkt ein. Ich werde bedient. Hoffentlich kriege ich noch mehr raus.

"Danke dir. Ich scanne gerade die Mails, das dauert etwas."

"Also noch mal. Das Programm, das uns den Ärger gemacht hat, konntest du finden? Und wenn man das löscht und alles in Ordnung bringt, dann geht's wieder?"

"Eigentlich schon. Wir sollten aber herausfinden, wie das Ding auf dein System gekommen ist. Sonst kann das ja jederzeit wieder passieren. Der Typ wird sich doch nicht damit zufriedengeben, dir einen Schrecken eingejagt zu haben."

"Ja, stimmt, ich rufe trotzdem Yvonne an, die hatte schon Panik, dass sie sich nicht mehr den Friseur leisten kann."

Markus geht mit dem Whiskeyglas raus. Redet auf dem Gang. Ich habe inzwischen eine E-Mail, die von dieser IP kam, an die das böse Skript seine Nachrichten schickt.

"Kennst du eine Firma Grünwald?"

Markus hatte sich wieder hingesetzt, sein Glas ist leer.

"Yvonne hatte wirklich Angst, dass wir unseren Standard nicht mehr halten können. Sozialer Abstieg und so. Als wenn es darum ginge, einen Armani-Anzug zu tragen. Na ja, Grünwald macht fast das Gleiche wie ich, allerdings von Frankfurt aus und in Richtung Norden. Der war letzten Monat mal hier. Wir wollten Gebiete vereinbaren, in denen gefischt werden darf. Ist natürlich nicht so gern gesehen, aber das Leben ist einfacher, wenn man nicht dauernd nach der Konkurrenz schauen muss."

"Hier, sieh mal, die technischen Informationen finde ich noch, die Mail-Inhalte sind allerdings weg. Aber eben nicht alle. Nur ein paar, vom letzten Monat. Das ist doch seltsam. Hast du eine Fritzbox als Router? Vielleicht mit einer Cloud für die Daten?"

"Du stellt Fragen, Frank. Eine Fritzbox haben wir, mehr weiß ich nicht."

"Gut, und wo ist sie untergebracht?"

"Zeig ich dir, neben den Toiletten. Da ist ein Raum für die Putzfrau und die Technik."

Es riecht frisch, nach Sauberkeit. Ein Rollwagen, ein Tisch, Putzzeug, ein Kittel über einem Wandhaken. Markus zeigt auf eine mobile Stellwand.

"Dahinter steht die Büro-Kommunikation."

Markus macht Licht, ich schaue mich um. Lüfter brummen, blinkende Lämpchen. Da ist die Fritzbox und ein größerer Rechner und noch ein Switch beziehungsweise Netzwerk-Verteiler.

"Die SUN steht im Keller."

Mit der Taschenlampe leuchte ich in die Ecken und hinter dem Server. Ja, jede Menge Kabel, es blinkt überall, aber was macht der USB-Stick da?

"Du hast wirklich alles dabei, Frank. Bin beeindruckt. Und? Was Verdächtiges in all dem Chaos? Eine schwarze Geheimleitung?"

Es gibt doch diese USB-Geräte mit einem kompletten Einbruchssystem an Bord. Die Dinger simulieren Tastatureingaben.

"Sag mal, hast du eine Ahnung, wozu dieser USB-Stick gebraucht wird?"

Markus beugt sich vor.

"Hier, Markus, das Teil da."

"Keine Ahnung, reiß raus!"

Ich überlege einen Moment. Wir haben das Skript, die IP-Adresse an die die Informationen geschickt werden, eine E-Mail von genau dieser Adresse und die zeigt auf die Firma Grünwald. So weit so gut, aber so ein Rubber Ducky, wie diese speziellen USB-Sticks genannt werden, enthält das Passwort und alle weiteren Informationen, wenn dort das Hacker-Skript drauf ist.

"Wo wohnt oder arbeitet denn dein Kumpel Grünwald?"

"Frankfurt. Die Wohnung etwas außerhalb. Das Geschäft ist nur ein paar Kilometer entfernt."

"Also, wenn du nicht weißt, wozu dieser Stick dient, schau ich mir das Ding mal an."

Ein Metallbügel umfasst das kleine Stückchen Technik. Den probiere ich im eingesteckten Zustand aufzubiegen und zu lösen. Ein bisschen Gefummel, aber dann fallen mir mit dem Bügel die beiden Gehäuseschalen in die Hand.

"Hast du vielleicht eine kleine Plastiktüte oder so was? Wenn's hart kommt, wären da Fingerabdrücke drauf."

"Schon gut, du Profi, in der Küche haben wir bestimmt so was."

Ich höre Markus in der Küche hantieren und fluchen, dann kommt er mit einem Frühstücksbeutel zurück.

"Das sollte gehen, denke ich."

Mit möglichst wenigen weiteren Berührungen bringe ich die Gehäuseteile in die Tüte. Die gebe ich Markus und leuchte auf die winzige Platine, die immer noch in der Buchse steckt.

"Da! Das ist sehr wahrscheinlich der Übeltäter! Ganz schön cool, das ist ein Rubber Ducky, Markus, schau mal."

"Was soll das sein?"

"Da steckt eine Speicherkarte drin. Kannst du sie sehen? Und der Rest ist eine Art Mini-Computer, der eine Tastatur simuliert. Das Ding jagt nach dem Einstecken, wenn man will, auch zeitgesteuert, mehrere tausend Kommandos pro Minute auf dein System. Wie eine

Batch-Datei. Das Teilchen kann sich dann Adminrechte erschleichen und jeden Scheiß machen, verstehst du?"

"Frank, woher weißt du das alles?"

"Die Idee ist ziemlich genial. Ich glaube, ich habe sogar so ein ähnliches Ding im Rucksack."

"Und du bist im Gegensatz zu Hermann Grünwald mein Freund. Ja, Wahnsinn! Und weißt du was? Sein Sohn kam mir schon immer komisch vor. Der studiert irgendwas, wird immer von Hermann mitgenommen. Der grinst immer so komisch und sein Händedruck erinnert an einen toten Hering."

"Pass auf Markus, wir lassen das kleine Teilchen ohne sein Gehäuse mal da stecken, wo es ist, dann wecken wir niemanden. Ich suche noch mal nach Mails, die mit den Grünwäldern zu tun haben. Dieser USB-Stick stellt ja ein Laufwerk dar oder eine externe Komponente. Normalerweise kann man so was im Betriebssystem sperren. Das probiere ich gleich."

"Ich brauche Whiskey! Frank, du bist eine Granate."

Auf dem Weg zum Konferenzzimmer fragt Markus: "Soll ich Pizza kommen lassen?"

"Oh ja, gute Idee, für mich vegetarisch."

"Alles klar. Immer noch keinen Schnaps?"

"Nein danke, wir sind noch nicht wirklich fertig."

Markus telefoniert, kommt dann zurück in unser Lagezentrum. Unterdessen suche ich Hinweise im Internet, wie man die Cloud der Fritzbox erreicht. Auf einem Zettel vom Herrn Walter steht die Adresse des Routers: http://192.168.178.1, Passwort: ALWA$RouTer. Unter WebDAV Anbieter werde ich fündig. Und da sind auch die vermissten Grünwald-Mails. Der Inhalt der letzten Mail ist dort auch gespeichert und lautet: Punktlandung! Die wurde von hier nach Frankfurt geschickt. Kein Betreff, kein persönlicher Gruß.

"Markus, welcher Drucker ist denn jetzt aktiv, ich habe da was gefunden?"

Markus trinkt Whiskey. "Ja, warte mal, im Flur, das ist der HP183. Schau mal, ob du den findest."

"Kannst du was mit dieser Mail anfangen?"

Aus dem Flur kommt ein Geräusch, Markus steht schwerfällig auf.

"Was ist das denn?", höre ich ihn draußen fluchen.

"Dienstag, 19.21 Uhr. Da schreibt einer aus meiner Firma diesen Blödsinn an den Grünwald junior!"

Markus reißt das Handy aus der Tasche. "So, Leute!"

"Warte mal, halt, stopp, Markus! Wenn schon, dann sammeln wir noch mehr Infos. Kurz ruhig bleiben, okay?"

"Das kann doch nur die blöde Schuhmann oder der Walter gewesen sein. Ich schmeiß beide raus, die werden sich wundern!"

"Ja, sieht jetzt danach aus, dass du hier einen Maulwurf in der Firma hast. Aber warte kurz. Du hast doch ein Zeiterfassungssystem? Da prüfen wir jetzt, wann deine Mitarbeiter am Dienstagabend hier raus sind."

Markus trinkt einen Schluck und marschiert wie ein Tiger an den Gitterstäben auf und ab.

"Verdammt, aber du hast recht. Machen wir das Ding wasserdicht. Gut, ich bin kurz in meinem Büro und drucke das aus, einen Moment."

In dem Protokoll der Fritzbox finde ich die IP-Adresse des Rechners, der die Mail verschickt hat. Ob der Rechner auch im Netzplan verzeichnet ist? Der Tisch ist voller Ordner, schmaler Kunststoffhefter und Zettel, die zum Teil zusammengeheftet sind. In dem einen Ordner namens "Hardware/Diverses", ist tatsächlich alles aus den letzten Jahren gesammelt. Rechnungen, Serviceverträge und eine Aufstellung aller Hard- und Software. Und die Adressen der Rechner. Nach kurzem Vergleich steht fest: ALWA$work ist der Rechner, von dem die Mail geschickt wurde. Tja, so ein Pech aber auch.

Markus kommt mit einem Zettel zurück.

"Der hat am Dienstag vor dem Schlamassel um 19.39 Uhr ausgestempelt. Der Axel hat was mit dem Grünwald am Laufen. Den mach ich fertig, sitzt hier wie der Pascha auf seinem IT-Thron und klüngelt mit der Konkurrenz."

"Die Mail ging von seinem Rechner raus. Ich drucke dir das Stück Protokoll, und hast du nicht ein Smartphone, das Bilder machen kann?"

"Ja klar, neuester Stand, was denkst du denn?"

"Kannst du mit diesem Superteil auch hier in deiner Weltfirma ausdrucken?"

Unser Gelächter tut gut. Markus trinkt wieder einen Schluck.

"Das hat jedenfalls schon mal geklappt."

"Dann mach bitte ein Foto von dieser Aufstellung in dem Ordner da. Daraus geht hervor, welcher Rechner beim Herrn Axel steht. Und dann gleich auf den Drucker damit."

Das schöne Chef-Handy macht ein Geräusch wie eine richtige Kamera, etwas später springt der Drucker an. Markus verschwindet, kommt dann mit dem Bogen Papier und einem Sammelordner für lose Blätter wieder rein.

"Den mach ich fertig." Markus sucht die gesammelten Infos zusammen, verstaut alles.

"Der war am Dienstagmachmittag noch ganz aufgeregt rumgerannt und hatte ein Kabel gesucht, um sein Handy zu laden. Sein Ladekabel war kaputt. Und der Bursche hatte natürlich darauf bestanden, ein Samsung-Firmenhandy zu bekommen. Alle anderen haben iPhones, nur Axel nicht. Also hatte auch keiner ein Kabel für ihn. Kann es sein, dass der Idiot deshalb diese seltsame Mail geschickt hat?"

"Also, ich würde nicht unbedingt Mails verschicken, um einen erfolgreichen Hack zu bestätigen. Aber gut für uns. Sag mal, hast du auch Protokolle von der Telefonanlage?"

Markus zieht die Augenbrauen hoch.

"Du hast Fragen. Aber doch, gibt es. Warte mal."

Noch ein Schluck Whiskey und Markus stampft den Flur entlang.

Inzwischen überlege ich, was man noch machen könnte. Im Rucksack finde ich eine externe Festplatte, einen Raspberry Pi und Kabel. Damit könnte man schon mal die Sicherheit erhöhen. Der Drucker im Flur springt wieder an. Markus nähert sich, schon wieder fluchend.

"Hier, Frank. Und jetzt pass mal auf. Hier tauchen in den letzten paar Wochen die Nummern vom Hermann auf, mit dem ich natürlich auch gesprochen habe, und dann diese Handynummer hier, und die gehört dem toten Hering. Und der spricht mit der Durchwahl vom Axel. Und hier, wunderbar! Letzten Dienstag, 19.58 Uhr, ein verpasster Anruf! Der tote Hering erreicht Axel nicht mehr, weil der schon gegangen ist!"

"Astrein, so langsam haben wir die Jungs am Wickel."

Markus pfeffert ein paar Bogen Papier in den Ordner. Sein Handy meldet sich.

"Wiggerts! – Ach so, die Pizza. Ja, da sind Sie richtig, wir arbeiten hier noch. Ich komme raus."

Das passt, erst mal stärken. Ein kurzes Gespräch an der Eingangstür, Geräusche aus der Küche, dann kommt Markus mit zwei Pappschachteln und Besteck wieder rein. Ich räume die Unterlagen zusammen, der rote Sammelordner mit Beweismaterial bleibt demonstrativ in der Mitte des großen Tisches liegen.

"So, Frank. Brauchst du noch etwas anderes zum Trinken? Ich habe Bier im Kühlschrank."

"Ja, jetzt nehme ich ein kleines Bierchen. Das hier ist wohl deine, mit Shrimps und so?"

Es riecht ganz schön lecker, aber auch ein bisschen nach alter Fischbude am Hafen. Markus war noch mal rausgegangen, kommt mit zwei kleinen Bierflaschen an den Tisch. Ein Öffner war auch schon hier irgendwo und zeigt sich unter einem Ordner.

"Brauchst du ein anderes Glas?", fragt er beim Aufmachen.

"Nee, Flaschenkind."

Grinsend stoßen wir an. Klasse, eiskaltes Bier, gleich noch ein Zug. Das tat jetzt gut!

Meine Pizza ist üppig mit Gemüse und Käse belegt. Ist sogar noch schön warm. Wunderbar, schmeckt super.

"Klasse, Markus, das Ding ist lecker!"

"Ja, die sind ganz gut für eine Pirelli-Pizza. Also, auf Rädern."

Was für ein Spruch! Markus ist schon ein cooler Typ.

"Ich habe mir was überlegt, Markus. Der Grünwald junior lässt sich ja schön über eine SSH-Verbindung informieren, die er sich mit dem USB-Knackfrosch erschlichen hat. Ich habe hier einen kleinen Rechner, auf dem Unix läuft. Mit Netzwerk-Schnittstelle und allem, was ein großer Rechner auch hat. Ich könnte dem Ding die IP- und die MAC-Adresse von deinem Server verpassen und danach deinen Server umkonfigurieren. Dann spricht der Hering nur noch mit dieser kleinen Keksdose."

"Das ist ein vollständiger Rechner? So was habe ich überhaupt noch nie gesehen. Das würde heißen, der Bursche schaut ins Leere und wir haben unsere Ruhe?"

"Ganz genau. Ich muss mir nur erst mal sicher sein, dass ich dein System unfallfrei anpassen kann. Dann sichere ich alles, was damit zu tun hat. Außerdem sehe ich nirgends eine ernst zu nehmende Firewall. Da ist auch kein vernünftigen Viren-Scanner, kann das sein?

"Der Axel meinte, die Windows Security reicht völlig aus."

"Bist du bereit, vielleicht so, na ja, vielleicht ein oder zweihundert Euro im Jahr für mehr Sicherheit auszugeben? Es gibt einen deutschen Anbieter, den finde ich ganz gut. Da kann man sich für die Rechner, die man betreibt, Mehrfachlizenzen kaufen. Außerdem wäre es vielleicht nicht schlecht, alle Daten aus dem Internet zuerst in einer Sandbox zu speichern. Im Download-Verzeichnis sind Rezepte für Kürbissuppe, Infos über Büromöbel und Artikel aus der Süddeutschen. Ist ja alles normal, aber es ist besser, wenn man diese Daten zunächst separat hat und dann erst mal auf Viren prüft."

Markus hat schon die halbe Pizza verdrückt, ich muss mal die Klappe halten und auch was essen, bevor alles kalt ist.

"Das ist keine Frage des Geldes. Und was hast du jetzt als Nächstes vor? Die Sache mit diesem Dummy-Rechner gefällt mir. Kriegst du das hin?"

"Ich muss mir erst mal alles genau ansehen, aber normalerweise ist so was kein Problem. Und bei Bedenken lasse ich auch die Finger davon. Die Idee ist aber einfach sexy, finde ich."

Wir haben beide den Mund voll, nicken uns zu.

"Wie lange dauert so was ungefähr?"

"Vielleicht eine Stunde. Als Sandbox könnten wir eine externe Platte nehmen, die ich im Rucksack habe. Die Software kann man sich herunterladen. Hast du ein PayPal-Konto? Das geht am schnellsten."

Markus hält die Bierflasche zum Anstoßen hin. Wir trinken aus.

"PayPal können wir machen." Markus klappt den Pappdeckel zu, ich habe das letzte Stück Gemüse-Pizza in der Hand.

"Möglicherweise sind Lizenzen für Unternehmen teurer, da schau ich gleich mal nach. Fakt ist aber, dass wir dein System damit erheblich härten könnten. Die Sandbox können wir aber auch später installieren, das hat keine Priorität."

Inzwischen räumt Markus die Bierflaschen und die Pappen weg.

"Härter ist gut! Ist alles besser als wieder so ein Ärger. Und in dem Abstellraum wird eine Wand eingezogen, mit Sicherheitstür! UND dem Herrn Walter schreibe ich jetzt schon mal eine Kündigung, das kannst du aber singen."

"Bis jetzt haben wir nur Indizien, der könnte einfach alles abstreiten und käme damit vermutlich sogar durch. Zumindest so teilweise. Du verstehst, was ich meine?"

Er nickt, halb kopfschüttelnd, bringt erst mal das Leergut raus.

Grinsend kommt er wieder rein, winkt mit einem Schüsselbund.

"Bist du schon einen SUV mit 612 PS gefahren? Ich bin leider blau, du musst fahren. Und zwar fahren wir nach Frankfurt und besuchen

Hermann in seiner schönen Villa. Und wenn der Junior von ihm auch da ist, dann fängt der sich direkt eine linke Gerade, und wenn er fragt, warum, gleich noch eine! Was hältst du davon?"

"Guter Plan, ich bin dabei! Soll ich vorher noch das Netz umstöpseln?"

"Ja, das mach mal. Ich rufe Yvonne an, dass wir da hinfahren und dass wir jetzt wieder arbeitsfähig sind."

Der Schlüsselbund liegt schon vor meiner Nase auf dem Tisch. Meine Güte, 612 PS hat das Teil, das macht garantiert Laune! Aber erst mal suche ich alle Daten zusammen, verbinde den Raspberry Pi mit meinem Laptop. Sicherheitshalber schreibe ich mir Benutzer und Passwort auf, setze dann alles neu, schreibe wieder, bringe dem kleinen Rechner bei, dass er ab sofort auf eine andere Adresse hört. Der falsche Gastzugang wird ohne Passwort eingerichtet. Ich lege noch einige leere Verzeichnisse an, die unser gekaperter Server auch hat. Dann sichere ich alle relevanten Konfigurationsdateien des Servers auf einen normalen USB-Stick, drucke die wichtigsten Infos zusätzlich aus. Markus geht im Flur auf und ab, spricht mit seiner Frau in einem beruhigenden Ton. Die Fritzbox wird angepasst, jetzt könnte ich den Raspberry Pi an den Router anschließen.

"Die Arme ist total fertig mit den Nerven. Schon so'n bisschen verwöhnt, aber was soll's! Wie sieht es bei dir aus?"

"Wir könnten umschalten, dann bräuchte dein Server einen Reboot. Wenn alles in Ordnung ist, können wir losfahren. Der kleine Raspberry Pi dient dann als Honey Pot, und der lockt sozusagen die üblen Kakerlaken an, wodurch dein Hauptserver dann davon verschont bleibt."

"Ist ja irre. Aber gut, so machen wir das. Was brauchst du noch?"

"Ist alles vorbereitet. Ich stecke auch diesen USB-Knackfrosch auf den kleinen Rechner, sein Skript konnte ich inzwischen einfach wie auf einem normalen externen Laufwerk umbenennen. Zugriffsrecht hat nur noch ein Extrabenutzer, den es vorher nicht gab. Vielleicht können wir später die Befehle auch zurückkompilieren in ein lesbares Skript. Das wäre interessant."

Markus bleibt da, schenkt sich Whiskey ein. Auf geht's, Licht an im Abstellraum. Da ist auch noch ein Platz für Stromversorgung in der Steckdosenleiste. Das Netzwerkkabel kommt in die Fritzbox. Die LEDs des kleinen Rechnerleins signalisieren Einsatzbereitschaft. Der Rubber Ducky mit dem inaktiven Skript steckt jetzt in dem kleinen Dummy-Server. Nur für den Fall, dass der irgendwie von außen abgefragt werden sollte. Jetzt bete ich nur, dass es funktioniert. Im Konferenzraum erwartet mich Markus mit erhobenem Glas.

"Frank, auf dich!"

"Wenn der kleine Minirechner tut, was er soll, kann ich deinen Server umstellen. Ich brauche noch ein paar Minuten."

"Lass dir Zeit. Ist ja sowieso alles relativ. Zum Angeben reicht es zwar noch nicht, aber ich habe mir tatsächlich ein paar Videos über den Doppelspaltversuch angesehen. Das ist für einen Kopfmenschen wie mich ganz schön harter Tobak. Fasziniert mich aber trotzdem. Wir müssen uns öfter mal beim Mexikaner treffen."

"Hört sich gut an. Für mich entschärft das immer den Ernst des Lebens, der mich gelegentlich einholt."

"Stimmt, das lüftet im Gehirn. Die Sorgen werden kleiner. Ich frage mich nur, was die Grünwalds im Kopf haben; das hier ist doch nicht normal! Ich überlege schon, was ich dem Hermann erzähle. Könnte aber sein, der weiß von nichts. Das wird auf jeden Fall lustig, ich freue mich schon!"

Nach einer Weile habe ich alles zum dritten Mal geprüft, der Raspberry Pi hat die richtige Adresse. Hilft ja nichts.

"Ich stell jetzt um!"

"Ja, das ziehen wir jetzt durch!"

Nach einigen Minuten sind die Änderungen gemacht, ich prüfe noch mal die Sicherungen. Alles klar, reboot.

Noch eine knappe Minute und ich kann mich wieder anmelden. Wow, Erleichterung! Weitere Minuten verbringe ich damit, alle Verbindungen zu prüfen, sogar der Drucker ist erreichbar und die Unix-Umgebung, auf der wieder gearbeitet werden kann.

"Markus, wir haben gewonnen! Alles läuft. Die Zugangsinformationen zum Honey Pot sind hier auf dem Zettel und auch gespeichert, der Rubber Ducky ist nur über einen neu erfundenen Benutzer erreichbar. Die Anmeldungen laufen wie früher, intern sozusagen. Außerdem ist die Unix-Umgebung wieder wie früher erreichbar. Du könntest arbeiten und deinen Materialbestand prüfen."

Markus steht etwas schwerfällig auf, grinst breit und schaut mir über die Schulter.

"Du hast dir einen Orden verdient, Frank. Würde dir ein gut bezahlter Job gefallen?"

"Ja, danke, mal schauen. Das besprechen wir später. Willst du wirklich da hinfahren?"

"Aber mit Sicherheit! Hermann ist garantiert zu Hause. Der schickt seine Frau am Wochenende gerne ins Theater, damit er sich in Ruhe die alten Baller-Filme ansehen kann. Den Terminator und so'n Zeug. Los, das ziehen wir jetzt durch. Den Papierkram nehme ich. Hast du mir ja auch per Mail geschickt, glaube ich."

"Ja, stimmt. Also gut. Ich bin dabei. Ich packe aber mein Zeug ein, damit ich da vielleicht noch was über sein Funknetz herauskriegen kann. Bis auf deine Handy-Fotos habe ich dir alles geschickt. Aber schau noch mal kurz rein."

Schon leicht schwankend tippt Markus auf seinem Handy herum. Ich schalte alles aus, packe meine Sachen zusammen.

"Astrein, jede Menge Dokumente! Und der Navigator im Auto kennt den Weg. Ich gehe noch pinkeln, dann fahren wir."

"Gute Idee, ich komme mit."

Die Rucksäcke stelle ich schließlich an der Tür ab und dann geht es in die gekachelten Räumlichkeiten. Markus wäscht sich schon die Hände.

"Ich glaub, ich bin schon ganz schön besoffen. Ich geh nach hinten, der Navigator zeigt dir, wo's langgeht."

Erleichtert stehe ich im verdunkelten Flur, Markus steckt den Schlüssel von außen ins Schloss, während das Auto bereits blinkt und die Türen entriegelt.

"Automatik kennst du, oder?"

Die Heckklappe öffnet sich wie von Geisterhand.

"Ja, kenne ich, hatte ich früher auch, als ich noch die große Leuchte war. Die Powerstation für meine Rechner müsste noch weiter geladen werden. Hat dein Auto 12-Volt-Steckdosen? Ein Zigarettenanzünder ginge auch."

"Ja klar, im Kofferraum, vorne auch irgendwo. Statt Ersatzrad gibt es heutzutage eine Flasche Haarspray und einen Kompressor, der damit wieder defekte Reifen repariert."

"Schon mal probiert?"

"Luftmatratzen habe ich damit schon aufgepumpt."

Meine Sachen sind verstaut, die Powerstation steht sicher zwischen den Rucksäcken und lädt weiter. Ich bekomme den Schlüssel. Markus nimmt sich eine Flasche Wasser aus der Kiste im Kofferraum, zieht seine Jacke wieder aus. Nach einer Kurzeinweisung bin ich mit den wichtigsten Hebeln und Knöpfen vertraut. Eine angenehme Frauenstimme sagt mir, dass ich in fünfzig Metern links abbiegen muss und später das Ziel Grünwald privat erreiche.

Auf der Autobahn probiere ich dann das Gaspedal mal etwas weiter runterzubewegen und erschrecke von der Beschleunigung. Meine Güte, das Auto hat Kraft. Eher gemächlich geht es weiter, Markus schnarcht schon hinter mir.

Phase 5

Das Navi lotst mich in eine Sackgasse. Wir sind gleich da. Hausnummer 5 auf der anderen Seite. Sie haben Ihr Ziel erreicht, sagt die Damenstimme. Die Häuser hier sind groß, mit großen Grundstücken, riesigen Garagen, und die parkenden Autos sind auch alle groß, neu und teuer. Ich halte kurz, da brennt Licht in einigen Räumen. An einem Fenster flackert es, da läuft wohl der Samstagskrimi oder der Terminator. Das ist unser Ziel. Weiter oben kann man wenden. Ich fahre wieder zurück, parke gegenüber mit der Nase in Fluchtrichtung. Sie haben Ihr Ziel erreicht, sagt sie mir schon zum vierten Mal. Motor aus, Navi aus. Erst mal durchatmen. Markus schnarcht auf dem Rücksitz. Hinter der Heckklappe sind meine Sachen, der Kasten mit Mineralwasser, Pappkartons, ein kleines Fass aus blauem Kunststoff mit Werbeaufdruck. Die Powerstation ist noch zum Laden am Bordnetz angeschlossen. Die LED-Leiste signalisiert jetzt volle Ladung. Aber ich brauche erst mal einen Fitmacher! Im Scram-off-Rucksack ist eine Medizintasche mit Magnesium und Ibu zum Lutschen. Ich stecke mir ein paar der Beutelchen davon in die Hemdtasche. Auf dem Beifahrersitz richte ich mich ein. Mein Campingstrom kommt in den Fußraum, der Kali-Laptop auf die Knie, WLAN-Scanner und die selbst gebauten Richtantennen und anderer Kleinkram auf die Mittelkonsole. Mit den normalen Antennen suche ich erst mal alle Funknetze in Reichweite. Starke Signale haben nur WLAN_MIT_OHNE_NAMEN und Der_alte_Fritz. O2-Router finde ich auch und noch zehn andere. Entweder ist es der Witzbold oder der alte Fritz. Mit der Richtantenne stellt sich heraus, dass es Fritz sein muss. Mit der Pineapple WLAN-Box und den Tools in der Kali-Software lässt sich einiges anstellen. Wireshark scannt und liefert Protokolle. Durch Filterfunktionen bekomme ich die MAC-Adresse der Fritzbox und der Clients, die verbunden sind. Wenn die Anlage etwas älter ist beziehungsweise nicht so clever eingerichtet wurde, kann ich einen Reset-Befehl schicken und alle Geräte melden sich dann wieder automatisch mit dem Netzpasswort an. Das Skript läuft einen Moment. Der Hash-Wert des Passwortes steht jetzt in einer Datei. Also, Markus meinte vorhin, dass sein Auto eine Internetverbindung hat. Das Radio macht wohl den Server. Ich drehe erst mal leise, Markus schnarcht noch hinten. Mein Rechner zeigt mir eine passende Verbindung an. Der Schlüssel steht auf dem Zettel in meiner Hemdtasche: InternetMeinMercedes1. Gut, ich kann jetzt googeln! Mit der Anwendung Hash Cat lässt sich im Internet der Hash-Wert mit Datenbanken voller Passwörter abgleichen. Ab die Post. Das kann einen Moment dauern, immerhin hat die alte Reset-Methode geklappt, schon mal gut. Ich lehne mich zurück, schütte mir die Tütchen mit Ibu und Magnesium in den Mund und kaue drauf herum. Schmeckt schön nach Orange. Fast wäre ich eingeschlafen und starre erschrocken auf den Monitor. Hurra, da ist das Passwort. Schnell speichere ich alles bisher Gefundene in Form von Screenshots und als Textdateien unter WarDrive_Sackgasse5. Jetzt zum alten Fritz. Der Schlüssel lautet: AlterFritZ4321. Auf dem Laptop steuere ich http://fritz.box an. Unter Telefonie sind alle Nummern der Festnetzanschlüsse definiert. Die heißen Hannelore, Alexander, FAX, HP-1, Büro, privat und PRIVATPRIVAT. Das wird auch gespeichert. Markus röchelt kurz, hustet, rekelt sich.

"Sind wir da?"

"Hallo, Markus. Ja, da drüben ist die Villa von deinem Freund Hermann. Ich bin schon auf seinem WLAN drauf und habe Telefonnummern, falls du seine Stimme hören möchtest."

"Das kannst du aber stark annehmen. Ich muss nur erst mal zu mir kommen. Kopfschmerzen, Mist!"

"Hier ist Ibu aus der Tube. Im Mund zergehen lassen und gut durchkauen."

"Wahnsinn, was hast du noch alles dabei?"

Markus steigt aus, bewegt sich ein bisschen, kommt zur Fahrertür wieder rein. Ich halte ihm das Tütchen hin.

"Habe zur Not noch mehr davon."

Er schüttelt grinsend den Kopf, dann das Pulver in den Mund.

"Mhmm, lecker." Und dann: "Die Unterlagen aus dem Geschäft müsste ich auf dem Handy haben."

"Ja, alles in der Mailbox, die dein Handy kennt."

"Ja, jaja, meinte ich auch. Und das schicke ich dem Hermann jetzt auf seine private Mailbox und dann rufe ich ihn an."

Markus tippt, dann warten wir. Nach einer Weile brummt das Handy. Das war die Empfangsbestätigung. Er schaut auf die Uhr. Noch eine Minute warten wir ungefähr.

"So, mein Freund!" Er schaltet den Lautsprecher ein. Nach fünf Ruftönen drückt Hermann den ungebetenen Anrufer weg.

"Hier sind die Festnetznummern. Schau mal: PRIVATPRIVAT ist vermutlich seine Nummer für die Freundin oder so was."

"Hey, gut! Ich kenne nur diese und die vom Büro. Sehr gut, Frank! Man muss unbedingt einen guten Hacker kennen, sonst ist man einfach der Verlierer. Ha! Klasse!"

Markus tippt, stellt laut. Wir warten. Drei, vier Rufzeichen gehen raus, dann brüllt jemand:

"WAS?"

"Hermann, guten Abend. Hier ist Markus, dein Geschäftsfreund. Wie geht es, mein Lieber?"

"WOHER hast du diese Nummer?"

"Ganz komische Geschichte, Hermann. Neben mir sitzt nämlich ein Quantenphysiker und Profi-Hacker und der hat rausbekommen, dass du meine EDV-Anlage über so einen kleinen USB-Stick mit Schadsoftware betankt hast. Und dieser kleine USB-Stick berichtet regelmäßig auf irgendeinen Computer, der bei dir steht. Außerdem ist hier noch die Kavallerie, falls die Verhandlungen härter werden."

"Bist du völlig verrückt geworden? Markus, wieso sollte ich das machen? Das ist doch idiotisch und was sollen diese Anruflisten und der ganze Scheiß, den du gerade geschickt hast? Bis du übergeschnappt?"

Markus freut sich, lacht mich an.

"Die Sache ist primitiv. Entweder macht die Kavallerie eine Achterbahn aus deiner schönen Villa oder ich gehe mit den Informationen zur Polizei, nachdem ich den Axel Walter gefeuert habe. Wir können auch verhandeln, allerdings ist deine Position ziemlich bescheiden, Hermann."

"Moment, Moment mal. Halt, stopp! Ich habe nichts damit zu tun, so ein Quatsch."

"Mein Herr Walter verfasste eine E-Mail mit dem Wortlaut: Punktlandung, nachdem er am Dienstagabend feststellen konnte, dass in meiner Firma keine Datenbank mehr erreichbar war. Außerdem hat der Idiot aus dem Büro deinen Sohn auf dem Handy angerufen. Dein Sohn rief am selben Abend etwas später zurück, aber da hatte der Herr Walter schon seinen unverdienten Feierabend eingeleitet. Das habe ich dir auch vorhin geschickt. Und schau doch mal aus dem Fenster, wir stehen vor deinem Haus, du brauchst gar nicht lange zu warten."

Ein Schatten taucht hinter dem Fenster mit der bunten Fernsehbeleuchtung auf. Markus blinkt ein paarmal mit dem Fernlicht auf, betätigt kurz den Warnblinker. Inzwischen fand ich das Tool auf meinem Rechner, das eine Verbindung rückwärts verfolgt. Damit kann ich zum Beispiel die Bordkamera des Rechners am anderen Ende einschalten. Ein einziger Rechner, mit einer IP-Adresse, die nicht zu dem Heimnetzwerk gehört, ist momentan aktiv. Mal sehen, wer gerade davorsitzt.

"Ja, da staunst du, Hermann!"

"Halt, stopp, einen Augenblick, ich muss kurz denken. Moment mal."

Wir hören ihn fluchen, der Schatten verschwindet wieder.

"Bleib mal in der Leitung, bleib kurz dran. Ich muss was klären. Moment."

Das Tool auf meinem Rechner ist durchgekommen. Ich habe ein Bild. Ein Bubi im T-Shirt, hinter ihm läuft ein nacktes Mädel rum. Screenshot und speichern. Noch ein Bildchen. Oh, die Dame hat schöne Möpse. Gratuliere! Aber wer bist du?

Ich zeige Markus das Bild. Der schlägt sich die freie Hand gegen die Stirn. "Sein Sohn, der tote Hering." Sagt er leise. Das Bild mit der Lady schicke ich Markus auf die Mailbox. Unterdessen hören wir Selbstgespräche, Flüche, eine Pause, und dann hören wir:

"Ja, hallo, mein Sohn! Na, wie geht es Dir? Wo bist du eigentlich im Moment?"

Mir scheint, das ist jetzt der richtige Augenblick, um eine Videoaufzeichnung zu starten. Leider bekomme ich keinen Ton, schade, aber der Streifen könnte interessant werden. Vorher schieße ich noch ein Bild mit der Mieze, der junge Typ hat jetzt ein Handy am Ohr.

"Ach ja, in Österreich bist du, fein, fein."

Das Handy zwischen uns brummt, Markus öffnet, lacht hysterisch, schüttelt den Kopf. Er leitet die Mail gleich weiter.

"Und wie geht es dir so? Hast dir ja eine kleine Auszeit redlich verdient."

Es entstehen Pausen.

"Pass auf, Alexander, kleine Info für dich: Vor meinem Haus stehen einige schwarze Limousinen. Markus ist da unten mit einem Physiker und Profi-Hacker und mit russisch sprechenden Männern, die alle 50er Oberarme haben, und Markus meint, dass du ihm mit Hilfe dieses Herrn Walter seine EDV lahmgelegt hast. Ist da was dran?"

Der Typ in meinem Film geht in Unterwäsche, wild gestikulierend auf und ab, schiebt immer wieder die nackte Dame zur Seite, fuchtelt herum.

"Kann nicht sein, meinst du? Ich habe eine Liste mit Telefongesprächen und eine E-Mail, die an dich gerichtet ist. Also, was ist? Von einer Punktlandung ist da die Rede."

Nach einer längeren Pause brüllt Hermann im Hintergrund:

"Du wolltest hilfreich sein? Unsere Firma besser im Markt positionieren? Pass mal auf, mein Beutekind: Das gibt einen Einlauf, den du nicht vergessen wirst, verstanden?"

Gebrüll kommt aus unserem Handy. Dann Stille.

"Markus, wir müssen reden. Dieser Bastard war's. Komm rauf, ich habe Single Malt. Tut mir leid. Läuft dein Laden denn wieder?"

"Ja, Hermann. Dank meines Freundes hier. Na dann, bis gleich."

Markus steckt sein Handy in die Hemdtasche, schaut mich an und lacht los.

"So, jetzt geht's besser. Frank, danke! Du bist echt eine Granate, mein Lieber. Ich kann das noch gar nicht fassen. Heute Morgen sah ich mich schon auf dem Campingplatz mit anderen arbeitslosen

Amateur-Alkoholikern. Danke, und jetzt besuchen wir mal den guten, alten Freund Hermann.

"Was meinst du, soll ich den Rechner mit dem Video mitnehmen?"

"Ja, falls er sich querstellt. Das Ding ist, dass der Alexander von seiner zweiten Frau mitgebracht wurde. Sein erster Sohn ist inzwischen Arzt und eine große Koryphäe auf seinem Gebiet. So, los jetzt, das Gesicht muss ich sehen."

Die Antennen und den Pineapple brauchen wir nicht mehr. Aber die Powerstation für den Laptop muss mitkommen. Also los. Markus ist ausgestiegen, holt sich sein Jackett von hinten, packt das Handy um. Wir machen zu, Markus schließt ab.

"Und letzte Woche hatte ich mich bei dir noch über Langeweile beschwert, ja Wahnsinn. Ich habe mich übrigens selten so gut gefühlt wie im Moment. Kannst du einen Job gebrauchen, als Systemadministrator? Ab Montag ist bei mir eine Stelle frei."

"Das war auch ein bisschen Glück, muss ich ehrlicherweise sagen. Die haben ihren Router seit Jahren nicht ausgetauscht und auch ein paar Türen offen gelassen. Ein guter Job wäre natürlich klasse, aber vermutlich wird das Geld direkt zur Bank gehen und zu dem Miststück, also der zweiten Frau, der ich idiotischerweise auch noch Zwillinge geschenkt hatte."

"Vielleicht können wir da etwas drehen. Mein Anwalt ist super. Mit dem telefoniere ich, wenn du willst."

"Also, ich bin nicht abgeneigt. Versteh das nicht falsch. Ich werde nur einige Jahre fast jeden Groschen sofort wieder spenden, den ich verdiene."

Die Tür zur Villa geht auf. Das ist wohl Hermann, der uns heranwinkt und wieder im Haus verschwindet.

"Wir besprechen das kommende Woche in Ruhe und das muss außerdem anständig begossen werden."

Ein schönes Haus, muss ich feststellen! Parkettboden, alles sehr geräumig. Markus schließt hinter mir die Tür, grinst mich an. Dem habe ich wirklich einen Gefallen getan. Hermann wartet an einer Treppe.

"Oben ist es gemütlicher."

Eine breite Holztreppe führt im Bogen in einen großen Raum. Ein riesiger Tisch, der riesige Bildschirm an der Wand ist inzwischen ausgeschaltet, schöne Teppiche, Bilder beziehungsweise Drucke von Lyonel Feininger. Tja, sehr nett. Hermann dirigiert uns zum Tisch, wendet sich einem alten Überseekoffer zu, der auf einem Podest steht. Dort ist eine Bar eingebaut.

"Cognac, Whiskey, Rum, Gin, Wein? Bier habe ich auch."

"Aberlour, wenn du hast." Markus freut sich sichtlich.

"Gute Idee, gleich was Anständiges. Und Sie?"

"Ich bin leider der Fahrer. Tonic Water oder Mineralwasser wäre prima."

"Wie heißen Sie eigentlich? Wollen Sie ihren Namen überhaupt preisgeben?"

"Frank Weinhaupt. Frank reicht."

"Das ist gut. Ich bin Hermann."

Neben dem stilvollen Überseekoffer ist ein Kühlschrank, der seinem Namen alle Ehre macht. So groß wie mein Kleiderschrank. Hermann stellt uns verschiedene Gläser hin, bringt die Flaschen nach und schenkt einen gehörigen Schluck in eines der Whiskey-Gläser.

"Hier, Markus. Willst du besser selber? Du weißt, das Zeug ist cask strength, ich glaube um die 60%."

Markus streckt sich nach der Flasche, liest das Etikett.

"61,2% steht hier. Leider war ich mit den Nerven völlig am Boden und habe wahrscheinlich schon eine halbe Flasche Tullamore getrunken. Ich nehme mal einen kleinen Schluck. Und ich dachte wirklich schon, dass ich erledigt bin."

"Bitte bedienen Sie sich Herr, ähm, Frank, Entschuldigung. Möchten Sie vielleicht etwas anderes?"

Inzwischen probiere ich bereits das Tonic Water, das habe ich schon seit Jahren nicht mehr getrunken. Das ist es! Und schön kalt.

"Danke, alles bestens."

Hermann setzt sich, verharrt einen Moment, schaut uns dann mit hochgezogenen Augenbrauen an.

"Mein Sohn Alexander hat sich das ausgedacht. Es tut mir leid. Ich wusste nichts von der Aktion. Einer seiner Kommilitonen hat für 800 Piepen was programmiert. Alexander wollte unsere Firma damit besser in Position bringen. Das musst du dir mal vorstellen. Ich weiß auch nicht, was er mit deinem Herrn Walter ausgemacht hat. Eine Horrorgeschichte. Ich komme natürlich für den Schaden auf. Es wäre legitim, zur Polizei zu gehen, aber ich möchte das vernünftig klären wie unter Männern. Ich hoffe, dass du mit dir reden lässt."

"Hermann, ich bin kein Unmensch. Mir ist allerdings fast die Pumpe stehen geblieben. Yvonne war so hysterisch, die konnte ich nicht mehr mit dem Auto loslassen. Der Mann hier konnte mir zum Glück helfen. Selbst die Techniker von SUN wären erst kommende Woche verfügbar gewesen. Und dass die Leute die Ursache des Angriffes gefunden hätten, wage ich zu bezweifeln. Zumindest wäre viel Zeit bis zur Lösung vergangen. Und wem das zu verdanken ist, hätten die

Jungs schon gar nicht geklärt. Diverse Aufträge sind außerdem
liegen geblieben. Dein Sohn treibt sich übrigens gerade irgendwo und
sehr wahrscheinlich auf deine Kosten mit einem Flittchen rum. Weißt
du, was es bedeutet, einen Profi-Hacker zu engagieren? Den findest
du nicht im Jobcenter für 6,50 Euro die Stunde. Aber das ist jetzt
egal, wir reden drüber und dann ist die Sache vergessen. Allerdings
müssen wir uns jetzt endlich garantieren, dass keiner vor der Haustür
des anderen akquiriert, okay? Und dann sind da Kosten entstanden.
Möglicherweise nimmt mich jemand in Regress, weil ich nicht liefern
konnte. Du kennst das."

"Klar, Markus. Das kann ich dir alles garantieren. Und mein Sohn
Alexander kann sich ein neues Wirkungsfeld suchen. Wie lange sind
Sie jetzt in der Sache im Einsatz, Frank?"

"So circa einen Tag bis jetzt, für Analyse und die erste
Schadensbegrenzung. Dann sind Nacharbeiten zu machen. Ich
musste sehr tief in die Konfiguration der Systeme eingreifen, um das
Problem zu lokalisieren und unschädlich zu machen. Außerdem
musste ich ein Interimsschutzsystem improvisieren. Also genauer
gesagt, eine Hardware-Lösung für den Übergang."

"Hermann, den Frank kenne ich durch Zufall. So viel Glück hat man
normalerweise nicht und solche Experten findet man auch nicht
einfach so. Und ohne ihn hätte dein Sohn wahrscheinlich meinen
Laden in ein, zwei Wochen mit etwas Taschengeld von dir als
Geschäftsführer übernommen. Für Kleingeld aus der Portokasse."

Hermann ist es unangenehm. Ein Hundert-Kilo-Geschäftsmann,
absolut etabliert, rutscht wie ein schlechter Schüler auf dem Stuhl
herum.

"Das bezahl ich alles. Also erst mal ein Expertentag. Wieviel ist das?"

"5000!"

Bevor ich auch nur Luft holen konnte, hatte Markus schon einen Preis genannt. Die Zahl hallt in meinem Kopf nach wie das Echo in einem Gebirgstal. So viel gab es nur in alten Glanzzeiten. Hermann holt eine Rolle Geldscheine aus der Hosentasche. Überwiegend 200er. Davon schiebt er immer fünf davon zur Seite, wickelt schließlich alles wieder auf, spannt das Haargummi doppelt herum und gibt mir die Rolle.

"Sind ein paar Scheine mehr, aber das passt so."

"Ja", bekomme ich nur raus und habe Probleme, mein Pokerface aufrechtzuerhalten.

"Na ja, Spesen. Ich glaube, dein Sohn hat schlechten Umgang. Wir konnten eine Sequenz von seiner Laptop-Kamera aufnehmen. Das ist natürlich illegal, aber zu dem Zeitpunkt befanden wir uns ja noch mitten in der Arena."

"Mein Sohn ist das eigentlich nicht. Hannelore hatte ihn mit dabei. Ja, zeig her."

Ich wecke meinen Laptop auf, der immer noch mit der Powerstation verbunden ist. Und da ist die Datei im Verzeichnis: WarDrive_Sackgasse5. Markus schaut grinsend auf den Monitor, ich starte den Video-Player und drehe den Rechner zu Hermann.

"Leider ohne Ton. Ist keine zehn Minuten alt."

Hermann macht große Augen, entwickelt Zornesfalten auf der Stirn. Dann winkt er ab, hat wohl genug gesehen.

"Bei der Nutte war ich auch schon mal. So, jetzt ist Feierabend mit all inclusive! Die sollen mich kennenlernen! Wartet mal einen Augenblick. Ich muss kurz ins Büro. Dauert nicht lange."

Hermann springt auf, reibt sich die ersten paar Schritte lang das Kreuz, trampelt die Treppen hinunter. Dann hören wir ihn telefonieren.

"Die Anzahlung ist allein für dich, Frank. Steck das ein. Ich glaube, der Hering hat jetzt ein Problem."

Unten knallt eine Tür, dann kommt Hermann wieder die Treppe raufgestampft und hat das Handy am Ohr.

"Ja, hallo, mein Schatz, wie geht es dir? Ich hoffe, ich komme nicht ungelegen."

Er gestikuliert.

"Nein, mein Schatz, ich bin absolut nüchtern. Nein, nein!"

Hermann geht zum Fenster.

"Weißt du, Liebes, ich habe mir überlegt, deinem Sohn Alexander endlich seinen Teil an der Firma zu überschreiben. Weißt du, ich bin alt genug für den Ruhestand. Dann haben wir beide auch mehr Zeit füreinander. Dann können wir zwei schön in der Weltgeschichte herumfahren und es uns gutgehen lassen. Was meinst du dazu?"

Wieder ein paar Schritte, dann bühnenreif:

"Ach so, der Alexander klopft gerade bei dir an. Na, das ist ja eine nette Überraschung. Ja, Hannelore, wenn das so ist, ziehe ich mich natürlich zurück. Ja klar, Liebes, viel Spaß noch bei den Anwendungen und komm gut nach Hause."

Hermann wirft das Handy auf die Kommode, die locker drei Meter entfernt ist und trifft auch nicht gut. Es setzt hart auf, landet schließlich auf dem teuren Teppich.

"Die denken wohl, ich bin völlig verblödet. Die fliegen hier alle raus, das kann ich dir sagen. Schmarotzer! Das ist jetzt vorbei. Ich habe den beiden erst mal alle Kreditkarten gesperrt. Mal sehen, womit die jetzt tanken gehen."

Dann leert er das Glas Whiskey.

"Markus, das Pack hatte anscheinend vor, mich langsam, aber sicher auszubooten. Ich habe vor ein paar Wochen meiner Frau ein Drittel des Geschäfts überschrieben. Und ihr Sohn, dieser Schlappschwanz, sollte doch auch irgendwann bedacht werden, sagte sie vor ein paar Tagen. Das waren ganz komische Gespräche, morgens beim Frühstück. Die sollen mich kennenlernen!"

Markus trinkt auch aus.

"Hermann, tut mir aufrichtig leid. Aber der wollte mir das Genick brechen. Ich habe gerade nicht viel Mitleid. Und wir fahren jetzt wieder nach Hause. Die Schweinereien, die dein Sohn auf meiner Anlage installiert hat, sind dank Frank jetzt inaktiv. Alle Verbindungswege werden jetzt umgeleitet und geprüft, alle Lücken sind geschlossen. Über die Kosten informiere ich dich kommende Woche. Es kann auch Schwarzgeld in einer Plastiktüte sein. Wir beide sind Geschäftsmänner der alten Schule, da kann man so was machen. Dein Sohn hat allerdings Hausverbot, und sollte da noch irgendwas kommen, gibt es richtig Ärger, einverstanden? Hermann, sorry! Wir bleiben in Kontakt."

Markus steht schon, ich packe meine Sachen. Klemme den Laptop unter den Arm, das Kabel zur Stromversorgung baumelt um meine Beine herum.

"Wir finden schon raus."

Markus klopft auf den Tisch wie in einer Kneipe. Hermann starrt gedankenversunken ins Leere und winkt nur kurz.

Treppe runter, raus, Markus rüttelt noch mal an der schweren Tür. Die ist zu und wir sind wieder an der frischen Luft.

"Hast du noch mehr von diesem Kopfschmerzpulver?"

Ein Griff in die Hemdtasche genügt. "Hier ist noch ein Tütchen. Und diese Runde ging eindeutig an uns, Markus. Ich glaube, da ist jetzt ziemlich schlechte Luft."

"Das ist doch der Hammer, was für ein kleiner Idiot! Und jetzt wie gehabt, du fährst und ich penne hinten. Warte, erst mal pinkeln."

Wir parken an einem bepflanzten Zaun, Markus stellt sich breitbeinig an den Rand. Vermutlich eine gute Idee, die Fahrt dauert eine gute Stunde. Ich stelle mich mit dem Laptop unter dem Arm dazu. Erleichtert wenden wir uns dem Auto zu. Ich bekomme wieder die Schlüssel, drücke zuerst falsch, dann können wir einsteigen. Markus geht nach hinten. Trinkt zur Abwechslung Mineralwasser. Den Rechner fahre ich herunter. Meine Sachen verstaue ich wieder hinten, in den Rucksäcken. Dann sitze ich am Steuer dieses Ungetüms und starte. Auf dem großen Display erscheint die alte Route.

"Frank, guter Job! Wenn du Montag Zeit hast, würde ich gerne mit dir reden. Und falls du sehen willst, wie ich den Herrn Walter vom Hof jage, müsstest schon um acht Uhr da sein. Aber muss auch nicht sein. Komm einfach vorbei."

"Mach ich. Es wäre mir auch wohler, wenn ich mich endgültig davon überzeugen kann, dass alles so funktioniert wie geplant."

"Für nach Hause brauchst da nur auf Home drücken. Gute Nacht."

Inzwischen ist es nach elf. Und ich habe eine dicke Rolle Scheine in der Tasche. Blanker Wahnsinn. Vielleicht sogar Arbeit.

Phase 6

Auf dem Flur sind Stimmen. Mein dauerbetrunkener Nachbar ist dabei, außerdem eine weibliche Stimme, die zivilisiert klingt. Komisch. Einen Moment später klopft es an meiner Tür. Was ist das denn? Noch mal klopft jemand.

"Was ist?", frage ich energisch.

"Ich bin's, Klara."

Mich trifft der Schlag, doch das ist sie, diese Stimme, das ist sie wirklich. Ich schließe schnell auf. Da steht Klara, ich werde verrückt.

"Darf ich reinkommen?"

"Was machst du denn hier?"

Durch die offene Tür sehe ich im Hintergrund den Nachbarn, der sich ausschüttet vor Lachen.

"Markus hat mir verraten, wo du wohnst. Musste nur fragen, wo genau. Deine Nachbarn waren sehr aufmerksam."

Sie kommt herein, schaut sich um. Die Türen lassen sich zwar von außen nicht öffnen, aber ich bekam trotzdem schon Besuch von einem Hobby-Einbrecher. Also schließe ich hinter ihr wie immer ab.

"Du hast einen Sinn für Überraschungen, Klara. Weiß gar nicht, was ich sagen soll."

Ihren leichten Mantel hat sie schon über den Haken an der Tür gehängt. Das kleine Ledertäschchen verschwindet im Mantel. An der Wand daneben hängt das Fahrrad. Sie drückt die Klingel am Lenker und sie strahlt mich an.

"So, und das hier ist deine Wohnung? Also die ganze Wohnung?"

"Ich nenne das abfällig meine Bruchbude. Ja, das ist es, mehr gibt's nicht."

"Wenig zu putzen!" Wir lachen los.

"Stimmt allerdings! Meine Güte, was verschafft mir denn die Ehre?"

"Ich habe mit Yvonne gesprochen. Du hast den beiden das Leben gerettet. Markus musste erst mal ausschlafen, aber dann redete er nur noch von eurem War Drive und dem Honey Pot, den du eingerichtet hast, und dass es weitere Ideen gibt, um das System zu härten. Der ist total begeistert."

"Und ich wurde sogar schon bezahlt. Noch nicht mal von Markus. Dieser Hermann soundso gab mir über 5000 Euro. Und Markus bot mir einen Job an. Ja, vielleicht wird was draus, mal sehen."

"Guter Anfang. Markus will unbedingt, dass du bei ihm anfängst, aber das müsst ihr miteinander ausmachen. Sag mal, gibt es hier auch sanitäre Einrichtungen? Ich sehe nur ein Waschbecken."

"Nicht ganz wie im Hilton hier bei uns. Vorne im Flur ist ein Gang mit Toiletten. Immer zwei Bewohner auf einer. Außer mir, ich habe eine eigene. Auf dieser Ebene gibt es elf Bruchbuden, das ist ungerade und ich habe die Nummer 11. Im Keller sind die Duschen. Die Messingmarken für zehn Minuten warmes Wasser muss man beim Hausmeister kaufen."

"Oh, ich glaube, mir geht es wirklich gut. Es riecht so indisch bei dir, das ist toll. Hast du gekocht?"

"Von dem Bündel mit Geldscheinen habe ich mir als Erstes ein indisches Menü kommen lassen. Das war super. Ja, die einzige gute Sitzmöglichkeit ist das Bett. Alternativ hätte ich nur einen harten Klappstuhl anzubieten."

"Ich nehme die Bettkante."

Klara schaut sich um und setzt sich.

"Das Angebot ist trotz des spontanen Reichtums begrenzt. Leitungswasser kann ich reichlich anbieten. Ansonsten nur Rum und Schokolade."

"Gut, in der Reihenfolge bitte."

In meinem Haushalt gibt es nur eine Sorte Gläser. Ein Sonderangebot mit Golfball-Oberfläche und so mittelgroß. Als das Wasser richtig kalt aus dem Hahn kommt, zapfe ich ein Glas voll. Und für mich dann auch. Zwei andere Gläser für den Rum. Klara untersucht die Flasche.

"Donnerwetter, das ist ein edles Tröpfchen. Könnte sein, dass ich den mag."

"Bestimmt, der ist klasse. Allerdings muss ich dich warnen. Es ist Hehlerware."

Sie hat die Uhr am Bettpfosten entdeckt, lächelt mich an. Der kleine Tisch ist jetzt gut bepackt. Aus der Küche, genauer gesagt, vom Holzbrett auf dem Kühlschrank hole ich die Schokolade. Von Hachez, Edel Mokka-Sahne. Nougat gab es leider nicht. Hatte ich gestern noch bei der Tankstelle besorgt, zusammen mit zwei Flaschen Bier. Zuerst fuhren wir bei mir vorbei. Markus war wach geworden und hatte noch einmal Ibu bekommen. Dann half er mir, die Sachen in die Bruchbude zu bringen. Einen Schein von der Geldrolle steckte ich in mein Portemonnaie. Die Rolle kam dann in eine Tupperdose und in den Kühlschrank. Markus staunte wie alle normalen Menschen, die hier das erste Mal reinschauen. Auf dem Weg zurück zu seinem Haus bestellte er schon ein Taxi für mich und bezahlte gleich, als der Wagen kurz nach uns ankam.

"So, kann losgehen. Soll ich dir eingießen oder möchtest du selber?"

"Ja, gib schon her." Sie prüft vorher, wie viel noch in der Flasche ist. Es fehlt vielleicht ein Viertel.

"Reicht für heute." Dabei schenkt sie das Glas gut halb voll. Alle Achtung. Ich mach's genauso, proste ihr zu.

"Zum Wohl, Frank."

"Schön, dass du da bist."

Wir sitzen nebeneinander. Etwas erstaunt bin ich über ihre Offenheit, beziehungsweise dass sie so wenig Wut mitgebracht hat. Ich war der festen Überzeugung, dass sie mich bei der ersten Begegnung einstampfen würde. Kommt vielleicht noch. Man weiß es nicht.

"Wie lange wohnst du schon hier?"

"Mehr als ein Jahrzehnt. Dachte anfangs, es wäre nur ein Übergang und ich würde früher oder später wieder Land sehen, aber es wurde eher später. Vielleicht kriege ich im Laden von Markus die Kurve. Wird aber auch nicht so leicht."

"Eins steht fest: Bei Markus hast du einen Karwendelstein im Brett. Die Yvonne hatte mich ein paarmal angerufen. Zuerst völlig aufgelöst, sie sah sich wohl schon in einem Zimmer wie diesem. Als du dann schon etwas repariert hattest, gleich noch mal. Sie redete mir zu, mit dir Kontakt aufzunehmen, und heute Mittag noch mal. Normalerweise haben wir eher wenig Kontakt. Ich lade beide immer zum Herbstfest ein und wir haben auch die privaten Nummern ausgetauscht. Yvonne kann etwas anstrengend sein. Jedenfalls hatte sie mich neugierig gemacht und versichert, dass du in Ordnung bist, aber damals leider falsch abgebogen warst."

"Verrückte Geschichte mit dem Markus und dem Angriff von seinem Mitbewerber aus Frankfurt. Mit dem Geld von diesem Hermann fühle ich mich schon wie ein reicher Mann. Ja, schön, dass du hier bist. Und es tut mir wirklich leid. Ich bin so ein Idiot. Wäre schön, wenn du mich nicht ganz und gar verfluchen würdest."

- 103 -

Klara trinkt Rum, nimmt ein Stück Schokolade. Dann schuckt sie mich freundschaftlich an, lächelt vielsagend.

"Das war schon der Hammer, mein Frank. Kannst du mir glauben. Gut, wir hatten damals gerade wenig Zeit füreinander. Leonie war da und jede Menge Arbeit. Und das kann ich dir sagen, da hättest du mir nicht begegnen dürfen. Mit den Jahren tat es aber nicht mehr so weh. Ich hatte viel um die Ohren. Meine kleine Schwester Senta ist bald mit ihrem Kind eingezogen. Oh, die Kleine. Sie wollte nach dem Abitur unbedingt Lehrerin werden, weil sie fast alle Lehrer komisch fand und es besser machen wollte. Schon im ersten Semester hatte sie einen Lover, im zweiten Semester war sie dann schwanger. Der Typ ist nach Norddeutschland und irgendwie verschwunden. Nach circa zwei Jahren wurde Senta immer depressiver, schließlich fing sie eine Therapie an. Nach einem Vierteljahr war sie von dem Therapeuten schwanger. Der war verheiratet, hatte große Kinder. Jedenfalls bezahlte der Unterhalt. Ich kann dir sagen, meine kleine Schwester! Dann traf sie allerdings Florian, beide machten ihr Staatsexamen, sind jetzt Lehrer und wohnen bei mir. Florian ist toll. Der kocht, kümmert sich um die Kinder und den Garten. Die beiden sind ein richtig schönes Paar. Papa nennt unser Haus den Kindergarten. Inzwischen ist der Teil mit dem großen Wohnzimmer aufgestockt worden, ganz nach vorne bis zur anderen Seite. Das Flachdach war undicht geworden. Außerdem wollte ich etwas weiter weg von dem Rummel. Jetzt habe ich da oben ein helles Atelier mit Blick in den Garten. Eine nette, nicht ganz kleine Wohnung. Sorry, es ist größer als deine hier."

Vor lauter Nervosität muss ich Rum trinken. Dann leert Klara auch ihr Glas, nimmt Schokolade.

"Eine Weile kam von dir noch Unterhalt, aber dann hörte ich etwas von Insolvenz und dachte mir, dass ich auch nicht auf dich angewiesen bin, und ließ alles stoppen. Viel Schreibkram übrigens.

Und dann war ich eine Weile mit meiner Scheidungsanwältin zusammen. Ganz interessant. Da konnte ich meine männliche Seite ausleben. Aber nach gut einem Jahr hatte ich genug davon und sie auch. Ja, das war's dann auch. Als Chefin in der Firma und im Kindergarten hatte ich immer genug zu tun. Papa ist nur noch selten im Geschäft, kümmert sich lieber um seine Linda.

Au weia, der Rum! Aber ich bin so aufgeregt. Kriege ich trotzdem noch einen kleinen Schluck?"

"Aber klar, ich nehme auch noch einen. Dann wird es langsam eng, glaube ich."

Wir schenken ein, schauen die Gläser ehrfurchtsvoll an.

Klaras große Augen schauen irgendwie fragend. "Ich weiß nicht, wie ich mit dir und der Situation umgehen soll. Ich finde dich im Moment gar nicht so schrecklich. Und ich habe das Bedürfnis, dir so viel zu erzählen. Aber jetzt bist du erst mal dran."

"Ich kämpfe auch. Ich bin froh, dass du hier bist. Am liebsten würde ich alles einfach wegschieben und vergessen, was ich angestellt habe. Alles bis zu dem Tag, als ich Leonie in ihren Kindergarten gebracht hatte und zu dieser Schulung fuhr. Große Tüte, alles rein und weg damit. Geht natürlich nicht, weiß ich auch. Aber du bist so offen und verachtest mich nicht, das ist gerade extrem für mich. Ich bin überglücklich, dass wir so reden können."

Klara trinkt Rum. Atmet tief durch. "Der Groll ist gegangen, schon lange. Seit letzter Woche beim Mexikaner fahre ich allerdings Karussell. Heftige Träume, ich fange plötzlich an zu heulen, werde dann wieder wütend oder bin einfach hilflos. Die Geschichte mit Markus sagt mir, dass man sich auf dich verlassen kann. Deine Seminarleiterin in Frankfurt wusste das vermutlich auszunutzen. Wir haben beide etwas verloren und wurden enttäuscht. Ich wünsche mir, dass wir so eine Art Nullpunkt finden, an dem wir wieder ansetzen können. Denk jetzt bitte nicht gleich an eine Beziehung, okay? Ich bin auch nicht mehr zwanzig. Das ist jetzt ganz was anderes. Ich will dir als Mensch begegnen. Es muss normaler werden."

Ich schnappe nach Luft. "Klara, danke. Ich werde dir nicht auf die Nerven gehen, ganz sicher.

Wir haben anscheinend schon wieder den Punkt erreicht, an dem sich die Augen komisch anfühlen.

"Sag mal, wie viel Alkohol ist denn da drin? Sonst trinke nur mal Wein am Wochenende. Seltener einen Campari Orange, immer noch."

"Da wird wohl wieder ein Taxi helfen müssen. Der Rum schmeckt leider so gut, da vergisst man gerne die 40 %."

"Den kannte ich vorher nur vom Sehen, sozusagen."

Klara streift sich die Schuhe ab, legt ihre Brille neben die Schokolade auf den Tisch.

"Streck dich mal aus." Sie sortiert schon die Kissen am Kopfende. "Ich muss kurz mal abliegen."

Das Sperrmüll-Bett ist uralt und schmal. Die Seitenteile hatte ich verlängert. Anfangs passte ich nicht einmal diagonal da rein und hatte den Klappstuhl für die Beine danebengestellt. Fast schon an der Wand bekommt mein Kopf den letzten Zipfel vom länglichen Kissen. Klara schnappt sich meinen Arm, drückt sich ihren Teil des Kissens und meinen Arm unter ihrem Kopf zurecht. Wir schauen beide zur Rumflasche, in der nicht ganz die Hälfte des edlen Stoffes drin ist. Klara steckt die Füße unter die aufgerollte Bettdecke am Ende. Sie nimmt das kleine Lesekissen in die Arme, sortiert die Haare und sucht nach meiner anderen Hand, die ich mit ausreichend Sicherheitsabstand an der Seite hatte. Klara drückt meinen Arm an das kleine Kissen, atmet tief durch und ruckelt sich zurecht. Ihre

Haare duften wie früher, ja, und sie trägt das gleiche Parfum wie früher. Güterzüge voller Erinnerungen rauschen durch meinen Kopf.

"Au weia, ich bin betrunken, liege in deinen Armen. Und es fühlt sich gut an. Ich hab's geahnt."

"Sorry, ich hätte den Rum verstecken sollen."

"Oh Frank, ich hatte dich fein säuberlich eingeordnet. Nachdem es nicht mehr so weh tat, warst du für mich ein Mensch auf diesem Planeten, den ich einfach nur kenne. Ab und zu dachte ich an dich, wir haben immerhin unser Haus zusammen eingerichtet, manchmal beim Brotschneiden mit dem japanischen Küchenmesser. Als ich dich letzten Samstag plötzlich sah, war ich wie vor den Kopf gestoßen. Zu Hause habe ich auf den Schrecken noch was getrunken und seitdem nicht mehr vernünftig geschlafen. Mein Leben ist erfüllt, ich habe genug zu tun. Der Kindergarten ist außerdem Lebensfreude pur. Und du warst weit weg und vermutlich sowieso verschwunden. Und jetzt bist du auf einmal nicht mehr wegzudenken.

Leonie hatte übrigens vergangenes Jahr versucht, dich zu finden. Die ist bis nach Mainz und dann nach Frankfurt gefahren. Zusammen mit ihrem Italiener. In Mainz fand sie die Seminarräume von deinem Nachfolger. Da gab es unterdessen nur noch Yogakurse. Der Typ wurde von deiner zweiten Frau ebenfalls reingelegt. Der wohnte so ähnlich wie du jetzt, war schon morgens um zehn total betrunken und aggressiv. Er rückte aber die Adresse von der Frau raus und Leonie ist nach Frankfurt gefahren. Da traf sie auf einen sehr arroganten Mann mittleren Alters in einem schönen, großen Haus. Sie hatte sich alles genau aufgeschrieben und fotografiert und dann zu Hause recherchiert. Das ist wohl schon mal dein Haus gewesen und der Bewohner war ein Banker, der aber in einem Prozess zwei Jahre auf Bewährung bekommen hatte. Wegen schräger Geschäfte mit Immobilien. Jetzt ist er Anlageberater. Deine Seminarleiterin ist mit dem zusammen und gibt jetzt die Hausfrau. Die haben übrigens geheiratet, den Unterhaltsposten bist du also los."

Donnerwetter, das ist eine gute Nachricht. Ich habe davon natürlich nichts mitbekommen.

Egal jetzt. Ich habe Klara im Arm, der schönste Moment seit Jahren, und sie erzählt mir meine Geschichte, von der ich gar nichts mehr wissen wollte.

"Dieses Miststück. Ich habe immer noch Schulden von diesem Hausverkauf. Angeblich gab es keine Interessenten bis zur Zwangsversteigerung. Beim letzten möglichen Termin trat urplötzlich ein Banker in Erscheinung, mit dem die Dame wohl schon mal was hatte."

"Das ist der Typ, der da jetzt mit dieser Frau wohnt. Wir haben das mit etwas Geduld genau herausgefunden. Sorry, Frank. Ich halte jetzt auch die Klappe oder erzähle etwas Erfreuliches."

"Nach der Aktion war ich erledigt. Die Sache kam mir damals schon sehr komisch vor, aber Geld für einen Anwalt hatte ich dann nicht mehr und sowieso Stress auf der ganzen Linie. Ich habe Lebensmittel aus Müllcontainern geklaut."

Klara rückt das Kissen zurecht, entlastet dabei meinen Arm. Die Durchblutung wird wieder besser.

Dann flüstert sie leise: "Wie soll ich meine Seele halten, dass sie nicht an deine rührt? Wie soll ich sie hinheben über dich zu andern Dingen?"

Mir wird zum Heulen. Klara hatte uns früher oft zum Einschlafen Gedichte, manchmal auch schöne Textstellen aus Romanen vorgelesen. Rilke und Hesse waren oft dabei. Dieses Gedicht ist von Rilke.

"Das war so schön früher, Klara." Mir verschlägt es die Sprache.

"Stimmt, Frank. Du hast mir gefehlt." Dabei drückt sie meinen Arm und das kleine Kissen an sich. Vielleicht hat unsere Liebe noch eine Chance.

Nach einer Weile in Gedanken und Traumwelten, die nach mir greifen, geht ein Ruck durch uns, Klara atmet tief durch, rekelt sich.

"Oh Gott, ich bin wirklich bei dir! Ich war kurz eingenickt, glaube ich." Wie aufgeschreckt richtet sie sich auf, kämmt durch die Haare und stützt den Kopf auf die Hände.

"Ich muss los! Sorry, sonst ist alles zu spät."

Zuerst die Brille auf die Nase, dann streift sie sich die Schuhe über. Klara bleibt stehen, schaut Hilfe suchend an die Decke. Träge komme ich an ihre Seite. Wir umarmen uns.

"Ich brauche einiges an Zeit, Frank." Sie streicht mit den Haaren über mein Gesicht wie früher, schiebt mich dann auf Armlänge weg, schaut mich an.

"Ja, verstehe ich, na klar." In meinen Beinen macht sich wieder dieses Treibsandgefühl breit, als würde ich kraftlos versinken.

"Donnerstag, 18 Uhr, zum Abendessen."

"Was?" Vermutlich steht mir der Mund offen.

"Vier Tage. Das muss reichen." Sie holt ihr Täschchen mit dem Handy aus der Manteltasche, macht ein paar Schritte im Kreis. "Und nimm dir Zeit mit."

"Klara Weinhaupt. – Ich brauche einen Wagen mit zwei Fahrern. – Nein, nicht der Opel, unser kleiner, grauer Caddy. – Ja, und zwar Brucknerstraße, Ecke Distelsand. – Zehn Minuten? – Prima, danke."

Unterdessen ist Klara schon mit einem Arm in ihrem Mantel, steckt das Handy wieder ein.

"Ich habe noch was für dich." Aus der anderen Manteltasche holt sie ein Handy und Kabel heraus.

"Hatten wir besorgt, falls jemand in der Produktion Bereitschaft machen muss. Das kam nur einmal zum Einsatz. Kannst du jetzt haben."

Ich bestaune das nagelneu erscheinende iPhone, wickle aus Verlegenheit das Kabel auf.

"Meine Nummer ist gespeichert und ein paar Bilder. Der Pin Code ist 1172, kennst du ja. Telefonieren kannst du endlos über den Rahmenvertrag. Ob noch etwas anderes damit funktioniert, weiß ich nicht. Probier's einfach aus."

"Meine Güte, danke!"

"So, ich gehe jetzt und rufe dich zur Erinnerung an."

"Ich bring dich raus, Klara."

"Nicht nötig, lass mal, ich muss jetzt los."

Schon schließt sie die Tür auf, drängt sich raus. "Bis Donnerstag, Frank." Ein kurzes Lächeln, dann höre ich nur noch ihre Absätze im Flur. Und meinen Nachbarn!

"Oh, die Prinzessin zu Luxemburg. Habe die Ehre, holde Maid!"

"Verweile er daselbst und komme er gut in die Urne."

Klara ist der Hammer! Lässt sich auch nicht von unserem abgehalfterten Profigaukler aus der Balance bringen. Die Haustür schließt mit sandkratzenden Geräuschen.

"Welch Entzücken. Eine Gevatterin mit geharnischtem Zungenschlage erleuchtet unsere armselige Weihestatt."

Das Gelächter der Hausflur-Expertenrunde bleibt hinter meiner Wohnungstür. Einen Moment lang ziehe ich in Erwägung, egal was passiert, die Bruchbude in diesem Theater zu behalten. Als persönliches, kleines Museum.

Na ja, vielleicht auch nicht. Mal sehen.

Dann bestaune ich das Handy. 1172. Bilder. Ach du meine Güte. Da bin ich mit Klara am Strand. Unser erster gemeinsamer Urlaub. Ich muss mich setzen.

Phase 7

Klaras Besuch hat mich völlig in Aufruhr versetzt. Das Handy lasse ich kaum mehr aus den Augen und bei jeder Gelegenheit schaue ich mir darauf die Bilder an. Alles auf dem Computer, was mit ihr zu tun hat, sicherte ich doppelt und dreifach. Die Bilder vom Handy als erstes.

Am Montag war ich mit ein paar Computer-Komponenten im Rucksack zu Markus geradelt. Dort kam ich spät genug an, um die ersten Katastrophen des Tages nicht erleben zu müssen. Ein Dokument des Desasters ist der dunkelblaue Golf direkt vor der Tür. Herr Walter musste für den verfrühten Heimweg ein Taxi nehmen.

"Bin ich froh, dich zu sehen!"

Markus unterhält sich im Eingangsbereich mit Yvonne. Etwas abseits sehe ich Frau Schuhmann mit einem Ordner unter dem Arm.

"Komm schon rein. Das Beste hast du allerdings schon verpasst. Würde dir ein zwei Jahre alter Golf als Dienstwagen erst mal weiterhelfen? Nur für den Übergang natürlich, damit du etwas beweglicher bist."

Frau Schuhmann hat ein glänzendes Gesicht, als käme sie gerade vom Jogging. Ihre aufgerissenen Augen suchen irritiert nach Halt. Dann fummelt sie an dem Ordner herum, klemmt ihn schließlich wieder unter den Arm.

Yvonne löst sich von Markus und kommt auf mich zu.

"Darf ich Frank sagen? Wir sind doch inzwischen etwas näher zusammengerückt, denke ich." Sie streckt mir die Hand entgegen. Sie hat wohl wieder mit Klara telefoniert. "Ich bin die Yvonne."

"Ja, natürlich. Guten Morgen, Yvonne. – Hallo, Frau Schuhmann."

Wir lächeln uns zu. Frau Schuhmann scheint fast erschrocken, bleibt im Hintergrund und nickt nur kurz.

"Wir gehen ins Büro, Frank. Frau Schuhmann, machen Sie endlich den Kaffee und dann haben Sie wieder Zeit für Ihre Arbeit. Falls es Fragen zu Lieferterminen gibt, spreche ich persönlich mit dem Kunden."

"Ja, Herr Wiggerts", sagt sie mit dünner Stimme und tippelt eilig davon.

Markus winkt, geht lässigen Schrittes vor. Sogar Yvonne sortiert sich hinter mir ein. Ich fühle mich wie auf dem roten Teppich von Cannes.

"Ich würde gerne noch auf die Systeme schauen und die Sandbox für Downloads installieren. Über Virenschutz und eine Firewall sollten wir auch noch sprechen. Die Sicherheit ist für meinen Geschmack hier etwas zu kurz gekommen."

Markus sitzt schon im Chefsessel, Yvonne steht neben ihm und lehnt sich sanft bei ihm an.

"Die Schuhmann hat mich heute früh als Erstes gefragt, was denn die übel riechenden Pizzapappen in der Küche sollen und das Chaos im Konferenzraum. Aber ich bat sie dann, das Zeug vom Herrn Walter, ihrem zukünftigen Ex-Kollegen, in einen Umzugskarton zu werfen und vor die Tür zu stellen. Da dämmerte es auch bei ihr so langsam. Ich bin sicher, dass sie etwas mitbekommen hat. Vielleicht nicht konkret. Es wäre vom Axel schon ziemlich dämlich gewesen, die Schuhmann vollständig in den Plan einzuweihen. Aber die läuft doch jetzt wirklich rum wie Falschgeld. Die hat was gewusst, bestimmt."

Sein Handy klingelt unterdessen.

"Hermann, guten Morgen. – Ja, ich konnte schon einiges erledigen. Ich habe allerdings gestern auch noch ausführlich mit Denis, meinem Anwalt gesprochen, der setzt ein paar Dokumente auf, die dir im

Laufe der Woche zugehen werden. – Das Finanzielle besprechen wir kommende Woche, ich muss als Erstes wieder Land sehen. – Ach. – Ob der Denis auch Scheidungen macht, kann ich dir nicht sagen. Ich frage ihn heute noch, dann bekommst du Bescheid. – Oh! Ja, das ist heftig! Tut mir leid, Hermann, wirklich. – Da hast du ja was vor dir. – Gut, Hermann. Ja, ich melde mich, bis dann."

Frau Schuhmann kommt mit einem Tablett herein. Auf dem kleinen Tisch neben der Tür stellt sie Tassen auf Tellerchen, legt jeweils Löffel und eine Serviette dazu und schaut dann Markus fragend an.

"Schön, Frau Schuhmann, danke Ihnen. Da sollte noch Sekt im Kühlschrank sein. Bringen Sie uns doch bitte eine Flasche davon."

"Ja, Herr Wiggerts." Und es klingt ziemlich untertänig. Am Samstag war das noch ganz anders.

"Frank, auch falls ich dich damit gerade überrumpeln sollte, kannst du dir vorstellen, hier zu arbeiten? Mit Denis, also dem Anwalt, der schon seit Jahren alle rechtlichen Fragen und die Steuer für mich regelt, habe ich gestern noch über eine Anstellung für dich gesprochen. Der meinte, wenn er genau wüsste, um welche Art von Restschulden oder Ansprüche es ginge, könnte er vermutlich Wege finden, damit du eine anständige Bezahlung bekommen kannst. Es ist also angerührt, bei Interesse deinerseits gehen wir die Sache an. – Mach erst mal den Sekt auf, Frank."

Inzwischen war Frau Schuhmann mit einem weiteren Tablett gekommen. Kaffee, Sekt und drei schmale Gläser. Yvonne genießt es, lächelnd als die Chefin neben ihrem Markus zu stehen.

"Letzte Woche hätte ich noch meine Hand dafür ins Feuer gelegt, dass Sie bis vier zählen können, Frau Schuhmann! Ein Glas mehr bitte!"

"Ich auch? Ja, Herr Wiggerts."

"Und bitte bringen Sie eine Schachtel von den Keksen mit, die hinter den Filtertüten und den Haushaltsrollen versteckt sind."

Markus lacht hämisch, schau mich an. "Du denkst, ich bin der Chef hier? Weit gefehlt, Frank. Aber auch das ändert sich jetzt."

In sicherer Richtung befreie ich die Sektflasche vom Korken. Es knistert verlockend in der Flasche, läuft aber nicht über. Da kommt Frau Schuhmann mit Keksen um die Ecke und dem vierten Sektglas. Sie bekommt gleich den ersten Schluck eingeschenkt, stellt aber das Glas zitternd und hastig zu den anderen, als wäre es glühend heiß. Flink dekoriert sie die Kekse in einem schönen Bogen auf einem größeren Teller neben der Thermoskanne. Es ist hauchdünnes Gebäck mit einem ebenfalls hauchdünnen Schokoladenüberzug. Kekse der gehobenen Klasse. Die Sektgläser kann ich nach dem zweiten Nachschenken verteilen. Dann steht Markus auf und schaut uns bedeutungsvoll an.

"Nach dem Sieg wird gefeiert! So viel Zeit muss sein. Auf einen Neuanfang!"

Wir prosten uns zu, trinken einen Schluck, dann beginnt Markus, gerade als Frau Schuhmann wieder flüchten will: "Weißt du was, Frank? Diese Kekse haben weder ich noch unsere Besucher der letzten Jahre je zu Gesicht bekommen. Komisch, nicht? Vor ein paar Wochen sah ich, wie unsere Putzfrau so eine leere Schachtel beim Herrn Walter aus dem Papierkorb fischte. Und ich dachte schon, der verschmäht sogar unsere Bürokekse, dieser arrogante Typ. Aber nein, weit gefehlt. Auf der Suche nach einem Plastikbeutel waren mir am Samstag Filtertüten entgegengefallen. Da habe ich dann acht Packungen Kekse gesehen, die ich seit Jahre bezahle, aber bis jetzt noch nie zu Gesicht bekommen habe. Gestern Abend so gegen zehn hatte ich zum Abschluss die Idee, mir die erfassten Einkaufsbelege anzuschauen. Einfach so ins Blaue, drei Jahre zurück. Da waren diese Kekse schon in der Buchhaltung aufgetaucht. Das ist doch klasse, so eine Überraschung!"

Neben mir hyperventiliert Frau Schuhmann und macht plötzlich einen Schritt nach vorne.

"Wenn – wenn Sie mir auch kündigen wollen – dann sagen Sie das jetzt gleich! – Sofort! – Das mit den Keksen hat sich irgendwie so ergeben, ich weiß auch nicht – tut mir leid, Herr Wiggerts."

"Frau Schuhmann, aber nein! Ich habe Ihnen gestern Abend noch einen neuen Bürostuhl bestellt. Über den hatten Sie alles Mögliche aus dem Internet heruntergeladen. Und bei der Kürbissuppe würde ich an Ihrer Stelle auf Zitronengraspaste aus der Tube zurückgreifen. Damit lässt sich besser und genauer abschmecken, als wenn man dieses Gras mitkocht. Frank bekommt auch einen dieser Bürostühle und wird uns übrigens etwas bauen, das Daten aus dem Internet erst mal auf Schadsoftware untersucht. In ein paar Tagen haben Sie dann wieder freie Bahn, ohne unser Geschäft zu gefährden. Das ist doch eine gute Nachricht, finden Sie nicht auch?"

"Ja, Herr Wiggerts." Mit rotem Kopf stolpert die Arme aus dem Büro, macht schnell die Tür zu.

"Probiert mal die Kekse, die sind wirklich erste Klasse. Meine Angestellten haben die Dinger jahrelang minutiös geprüft."

"Oh je, die arme Frau Schuhmann, dass du so hart sein kannst, Markus!"

"Yvonne, es wird Zeit, dass ich mich nach dreißig Jahren in meine Chefrolle hineinfinde! Die sind mir auf der Nase herumgetanzt. Die Kekse nur mal zum Beispiel sind wirklich lecker und dreimal so teuer wie die anderen. Ich, der Chef in diesem Verein, habe die Dinger heute zum ersten Mal – und das auf Anforderung! – von meiner Sekretärin serviert bekommen. Und die hat das Zeug mit dem Herrn

Axel schachtelweise verdrückt. – Egal jetzt! So, Leute, Kaffee und Sekt trinken, Kekse essen! Das ist ein Befehl!"

Markus und ich einigten uns darauf, dass ich zunächst als freier Mitarbeiter, die angefangenen Arbeiten zu Ende bringe. Der Rest meines ersten Arbeitstags hatte darin bestanden, die Firmenlizenzen gegen Viren zusammen mit einer veritablen Firewall-Software und der Software für die Sandbox zu installieren. Außerdem war noch Zeit, ein Skript zur Kontrolle der Downloads aus dem Internet zu schreiben. Ich nannte es kurz DoLa. Das verwaltet jetzt alle heruntergeladenen Daten, die nun erst mal ausschließlich in der Sandbox landen. Der neue Virenscanner hat die Kontrolle über das Laufwerk. Gegen sechzehn Uhr kam Markus ins Büro und meinte: "Das Sekretariat kann sich jetzt virenfrei mit Kürbissuppen und Bürobedarf aus dem Internet beschäftigen. Frank, mach doch eine kleine Spritztour, probiere mal das Auto aus. Na los, bis morgen."

Abends fuhr ich tatsächlich mit dem fast neuen, blauen Golf nach Hause zu meiner Bruchbude. Zusätzlich zum Autoschlüssel bekam ich eine Tankkarte und ein Firmenhandy von Markus.

"Ist nur ein Samsung, aber es funktioniert."

Als dann das Haus mit den vielen Briefkästen in Sicht kam, beschloss ich allerdings, mit ausreichendem Sicherheitsabstand zu den Mitbewohnern eine Straße weiter zu parken. Das Fahrrad passte nach einem kleinen Umbau der Rückbank tatsächlich in das Auto rein und hing wenig später wieder bei mir an der Wand.

In meiner Bruchbude angekommen, wusste ich mit mir allerdings gar nichts mehr anzufangen. Die so lieb gewonnene latente Depression hatte es mir die letzten Jahre leicht gemacht, einfach in Untätigkeit zu versinken. Das war ein gutes Mittel gewesen, um die Zeit halbwegs schmerzfrei verstreichen zu lassen. Davon bin jetzt offensichtlich geheilt. Tausende Dinge fallen mir ein, die ich jetzt sofort einfach machen könnte. Ich habe Geld, gute Laune, das Leben überschüttet mich mit neuen Möglichkeiten. Ein Schauer läuft mir über den

Rücken. Ohne wirklich ein Ziel ausgemacht zu haben, stecke ich mir zweihundert Euro aus der Tupperdose ein und gehe spazieren.

Ohne Zweifel, die Luft ist heute besonders frisch und riecht nach Abenteuer. Alles ist bunter als gestern noch. So schlendere ich durch die Straßen des Viertels, spüre ein immer größer werdendes Interesse an allen Kleinigkeiten. Beim griechischen Restaurant, in dem ich noch nie gewesen bin, lockt mich der Duft von deftiger Küche hinein zu einem Fensterplatz. Ich bestelle überbackenes Gemüse, Schafskäse, Reis und Salat. Dazu schweren Rotwein. Dieses Gelage endet mit Kaffee und einer heißen Blätterteigspeise mit Eis.

Gemächlich trete ich den Heimweg an. Vor der Tür wird diskutiert. Im Vorbeigehen höre ich: "Die Handymasten strahlen uns direkt ins Gehirn, da kannst du gar keine eigene Meinung mehr haben. – Ach, der Herr Professor. Heute wieder alleine in den Niederungen der Armut unterwegs?"

Auf der Bettkante überlege ich, welche Feldstärke von diesen Sendemasten ausgehen könnte und wie viel davon hinter Stahlbeton noch ankommen würde.

Das Handy von Klara klingelt! Ich werde schlagartig nervös.

"Hallo, schön, dass du anrufst!"

"Hallo, Frank. Wie geht's dir? Ich hörte, dass du heute schon arbeiten warst."

"Oh ja, habe sogar schon ganz produktiv ein kleines Programm für die Bürosicherheit geschrieben."

"Mach bitte keine Überstunden am Donnerstag, hörst du?"

"Nein, versprochen! Ganz bestimmt nicht."

"Ich wollte auch nur schauen, ob das mit dem Handy funktioniert. Und wir freuen uns auf deinen Besuch. Leonie lässt dich grüßen. Das ist doch was!"

"Ach, du meine Güte. Danke, das ist ja eine Überraschung. Ich freue mich natürlich auch, aber ich habe ziemlich weiche Knie bei dem Gedanken, euch wiederzusehen. Seid gnädig mit mir!"

"Sind wir, versprochen. Ich freue mich auf dich. Bis später, Frank, tschüs erst mal."

"Danke für deinen Anruf, Klara. Bis dann."

Sie ruft mich schon an, ich werde verrückt. Und ihre Stimme! Blanker Wahnsinn. Noch drei Tage, wie soll ich das aushalten?

Kaum zu glauben, es wird Donnerstag. Die Zeit zog sich allerdings wie Kaugummi. Um in meinem Stress keinen Mist zu machen, beschäftigte ich mich den ganzen Tag mit der Dokumentation von DoLa und den Unterlagen, die Herr Walter zurückgelassen hatte. Nachmittags schaute dann Markus grinsend zur Tür herein.

"Mich erinnert das Büro noch zu sehr an diesen Arsch. Wenn dir irgendwas einfällt, was du anders haben möchtest, sag bitte Bescheid. Vielleicht erst mal den Schreibtisch drehen, damit du die schöne Aussicht genießen kannst? Wie wäre es mit einer Fototapete mit der Skyline von Manhattan vielleicht? – Egal jetzt. Sag mal, Frank, wie würde dir ein langes Wochenende gefallen? Dann kannst du in Ruhe die Turbulenzen sich setzen lassen. Vielleicht kannst du mit Klara Kontakt aufnehmen. Ihr müsst euch ohnehin etwas ausdenken, was ich als Reparationsausgleich für euch tun kann. Ich hab's versprochen!"

Ebenfalls grinsend, aber auch ein wenig verdutzt rolle ich auf dem nagelneuen Bürostuhl ein Stück nach hinten. "Mir scheint, Yvonne hat eine Standleitung mit Klara geschaltet, kann das sein?"

Markus lacht, zeigt mit dem Daumen nach oben. "Was denkst du denn? Die Mädels sind kaum zu bremsen. Yvonne denkt jedenfalls, dass sie etwas wiedergutmachen muss. Obwohl das zufällige Treffen beim Mexikaner eigentlich eine tolle Story angestoßen hat. Bis jetzt. Komm also nicht auf die Idee, es zu versauen, Frank. Klara ist eine wunderbare Frau! Es würde mich wahnsinnig freuen, wenn ihr beiden wieder miteinander ins Reine kommen könntet. Wirklich!"

Alles sehr transparent in dieser Firma. Markus meint übrigens, seit genau vier Tagen ist das so. Er probiert sich in seiner neuen Chefrolle aus. Und es macht ihm Spaß, verriet er mir heute Morgen.

"Komm, es ist gleich 15 Uhr. Mach Schluss. Wir sehen uns am Montag. Ich überlege mir übers Wochenende, wie viel ich dem

Hermann abknöpfen soll. Vermutlich treffen wir uns dann wie im Film verschwörerisch auf halber Strecke. Da kommst du am besten mit und Denis auch. Der kennt genügend Dorfkneipen weitab vom Schuss. Er trifft sich mit seinen Bänker- und Anwaltskumpels alle paar Monate, um die neuesten Tricks auszutauschen. Ach, und noch was Feines: Der tote Hering konnte das Hotel nicht bezahlen, weil Hermann die Karte gesperrt hatte. Die Dame, mit der er da im Hotel war, hat sofort das Weite gesucht und ist gleich abgehauen. Die Leute an der Rezeption haben ihn dann trotzdem gehen lassen, weil er Stammkunde ist. Dann war aber der Tank leer. Dieser Idiot hat dann noch in Österreich getankt und ist, ohne zu bezahlen, abgehauen. An der Grenze wurde er geschnappt. Der Tankwart hatte natürlich schon längst Bescheid gegeben, und dann saß der junge Mann plötzlich im Knast. Aber jetzt kommt das Schärfste! Mutter Hannelore ging es natürlich genauso mit ihrer gesperrten Karte, aber die hatte schon jahrelang Geld aus der Firma abgezweigt, wovon Hermann nichts gemerkt hat. Hannelore war vor Jahren als Buchhalterin bei Hermann angefangen und hatte wohl spitzgekriegt, dass es da was zu holen gibt. Jedenfalls ist die ist dann zur Grenze gefahren, um ihren Bubi auszulösen. Cool, oder? Jetzt läuft die Scheidung und außerdem noch eine Klage. Denis lacht sich kaputt, der hat auch eine Zulassung für das Gericht dort und vertritt den Hermann jetzt. Aber wie kann man nur so blöd sein, na ja. Da haben wir gründlich aufgeräumt. – So, und jetzt raus hier, Frank! Schönes Wochenende!"

"Das ist ja der Hammer. Da haben wir einen Stein ins Rollen gebracht, meine Güte! Na gut, Markus, dann nehme ich mal dein Urlaubsangebot an und mach mich auf ins Wochenende. Und einen lieben Gruß an Yvonne."

Markus winkt zufrieden, sucht dann Frau Schuhmann auf, von der in diesen Tagen so gut wie überhaupt nichts mehr zu hören war. Als die neuen Bürostühle kamen, hatte sie sich verschämt so schnell sie konnte wieder in ihr Reich zurückgezogen.

Eine Weile später schlurfe ich frisch geduscht im Bademantel zurück in meine Bruchbude. Verdammt, Klara hat angerufen, 16.16 Uhr, witzigerweise. Sofort rufe ich zurück.

"Na, wo steckst du gerade?"

"Sorry, Klara, ich war im Keller zum Duschen."

"Ach ja, die Münzdusche. Heute essen wir zusammen zu Abend, nicht vergessen, Frank."

"Und ich komme sogar mit meinem neuen Dienstwagen angefahren. Klara, ich freue mich. Wer ist denn sonst noch alles dabei?"

"Lass dich überraschen! Ich freue mich auch, bis nachher."

"Tschüs, Klara, bis nachher."

Dann dauert es allerdings eine Weile, bis ich taugliche Kleidungsstücke im Kleiderschrank finde. Das Problem war mir bereits am Montag begegnet, als ich mich für die Arbeit bei Markus fertigmachen wollte. Die meisten Hosen und Hemden haben angewetzte Stellen, verschiedene Knöpfe oder sind sonst wie repariert. Zum Schluss etwas Lagerfeld aus der neuen Flasche. Nächste Woche muss ich unbedingt eine neue Jeans und ein paar ordentliche Hemden einkaufen. Und Schuhe.

Zur Feier des Tages lege ich die schöne Armbanduhr von Klara um mein Handgelenk. Bis es endlich losgeht, schaue ich mir noch ein paarmal die Bilder auf dem Handy an.

Um halb sechs fahre ich los.

Eine wunderschöne Rose mit ein wenig grünem Blattwerk zur Dekoration und eine gute Flasche Rotwein hatte ich nach Feierabend schon auf den Weg nach Hause besorgt. Die Rose ist mit dem kleinen Wasserbehälter sicher zwischen den Rücksitzen eingeklemmt. Eher zögerlich fahre ich unserem damals gemeinsamen Haus entgegen. Auf dem letzten Stück kenne ich alle Bäumchen an den Ecken, die Vorgärten der Nachbarn, nur sind es inzwischen große Bäume und einige der Gärten sind neu gestaltet. Vor der großen Garage steht kein Auto. Ich ziehe es aber vor, am Straßenrand zu parken. Auf dem Weg zum Eingangsbereich, der neu gepflastert ist, bestaune ich den hohen Giebel. Klara hat eine ganze Etage oben draufgesetzt. Eigentlich war das Haus schon vorher nicht gerade klein. Neben der Tür plätschert ein Springbrunnen. Auf dem Schild aus handgemachter Keramik steht einfach nur Weinhaupt. Ich muss durchatmen und zögere, den Klingelknopf zu betätigen.

Da klopft es von innen, Klara öffnet die Tür einen Spaltbreit. "Kuckuck." Ihr strahlendes Lächeln überflutet mich.

"Klara, es fiel mir gerade schwer zu klingeln. Danke für die Einladung."

Schnell halte ich die Blume hin und die Weinflasche. In der großen Diele angekommen schließt Klara hinter mir die Tür. Das Geräusch erinnert mich an früher. Eine breite Treppe ist dazu gekommen, die in die neue Etage führt. Klara tänzelt ein paar Schritte vor zum großen Wohnzimmer. Sie schnuppert an der Blume und liest das Etikett der Weinflasche. Hinter dem riesigen Fenster am anderen Ende öffnet sich der Garten.

"Komm schon, Frank! Herzlich willkommen im Kindergarten. Die Rose ist aber schön, duftet sogar. Danke! Hmm, ein Trentino, lecker! Passt prima zum Essen. Ich habe heute Spaghetti gekocht. Die

Sauce war noch eingefroren. Schau mal, da sind Senta und Florian. Ich hoffe, die finden noch etwas Bohnenkraut in den Beeten."

"Ich habe ganz vergessen, wie schön der Garten ist. Gut, dass du das Haus behalten hast."

Senta kenne ich nur als kleines Mädchen. Jetzt ist sie ebenfalls eine schöne, aufrechte Frau. Florian ist groß, schlaksig, mit einem Pferdeschwanz. In der karierten Jacke erinnert er mich an einen kanadischen Trapper. Er schiebt die breite Tür zur Seite und lässt Senta mit einem Kräuterstrauß vorgehen.

"Hey, Frank! Lernen wir uns endlich mal kennen. Freut mich, ich bin Florian. Erkennst du Senta noch wieder?"

"Wow, seid ihr alle groß geworden. Senta kenne ich noch mit Schultüte. Oh Mann, lange her."

"Hey, Frank, schön, dass du gekommen bist." Senta umarmt mich spontan. Florian hat einen zünftigen Händedruck. In dem steckt wirklich ein Abenteurer.

"Hier, Klara, die Geschmacksverstärker, wir decken inzwischen ein."

Die herzliche Begrüßung treibt mir schon wieder die Tränen in die Augen. Klara drückt mich kurz an sich und verschwindet lächelnd mit den Kräutern. Die Räume sind alle miteinander verbunden. Das Esszimmer und die Küche schließen sich rechtwinklig an das Wohnzimmer an, wobei die Küche abgesetzt ist und drei Stufen höher liegt.

"Papa! Hallo!"

Leonie schaut um die Ecke, sie lacht freundlich. Irgendwie unbeholfen schaukele ich von einem Bein auf das andere. Dann steht sie mir gegenüber, hält den Kopf schief. "Hallo, lass dich drücken."

Mit so viel Zuneigung kann ich gar nicht mehr umgehen. "Hallo, Große." Mehr bringe ich nicht heraus. Am liebsten würde ich mich irgendwo im Dunklen verkriechen. Ich habe Mist gebaut!

"Jan kommt auch gleich. Mein Superlover. Mit dem habe ich richtig Glück. Selbst Mama meint, den sollte ich mir warmhalten."

"Meine Güte, hier ist das pralle Leben. Ich bin überwältigt, wirklich!" Senta und Florian dekorieren schon Besteck, Servietten und große Weingläser und Salatschälchen auf dem Tisch. Klara zerkleinert das Bohnenkraut und schmeckt die Tomatensauce ab. Wir lächeln uns alle paar Momente zu, als hätten wir beide ein Geheimnis.

"Noch mal!" Leonie schnappt kurz nach Luft und umarmt mich wieder. Wir schaukeln hin und her. "Das tut gut. Gut, dass du hier bist. Aber du fühlst dich ganz schön kernig an für einen Papa. Ich glaube, Jan ist weicher, und der sportelt dreimal die Woche in der Muckibude. Ich bin neugierig auf unsere Gespräche und auf etwas Zeit mit dir."

Jetzt steht sie vor mir und wühlt in ihren Haaren herum. Ich bin überfordert.

"Ja, das machen wir. Es gibt viel zu erzählen, glaube ich."

"Wow. Das ist ein verrückter Moment. Papa ist noch wie ein neuer Begriff. Ich erweitere gerade meinen Wortschatz. Schön, dass du da bist."

Ein Flur, hinter der Küche mit der großen Essecke, führt zu den übrigen Zimmern und kommt am anderen Ende wieder im Eingangsbereich raus. Da ist jetzt jemand aufgetaucht. Leonie dreht sich um.

"Und da ist mein Schatz Jan!"

Sie winkt begeistert. Er kommt zu uns, nimmt gleich ihre Hand, streckt mir die andere entgegen.

"Ich bin Jan, hallo. Ja, Leonie und ich studieren zusammen und finden uns schon eine Weile auch sonst total super."

"Die Spaghetti sind endlich weich, wir können anfangen. Alle in die Reihe stellen, die Teller sind hier oben. Senta, hast du schon den Parmesan aus dem Kühlschrank geholt? Mach das bitte noch, hier ist der Hobel. Und verteile schon mal Salat."

Senta nickt und verschwindet kurz in dem Abstellraum, in dem immer noch, wie früher, der Kühlschrank untergebracht ist.

Florian steht schon an. Senta stellt einen flachen Teller mit einem anständigen Stück Käse auf den Tisch und huscht dann grinsend vor mir in die Schlange. Leonie schiebt mich an die dritte Position.

"Mama hat einen schwarzen Gürtel in Spaghetti."

Die Sauce blubbert leicht, es riecht wunderbar. Dann bin ich dran, fülle mir Nudeln auf, Klara verteilt zwei Kellen Tomatensauce darüber. "Ist vegetarisch. Für Nachschlag ist genug da. Du wirst nicht verhungern, Frank."

In der Erwartung, dass sich Klara an die Stirnseite setzt, stelle ich den Teller an die Ecke. Senta füllt die Salatschälchen, Leonie kommt an meine Seite. Jan hat inzwischen auch seinen Teller, und Klara ist jetzt neben mir auf dem Platz der Hausherrin.

"Guten Appetit, alle zusammen. Lasst es euch schmecken. Ach Frank, spendierst du den Trentino? Der passt bestimmt gut zum Essen."

"Ja klar, den konnte ich vorher nur nicht probieren, aber der sollte in Ordnung sein."

Leonie hat schon eine Gabel mit Nudeln aufgedreht und steht auf.

"Öffner vergessen. Warte kurz."

Wieder am Tisch dreht sie die Metallkappe von der Flasche. Der Korkenzieher ist noch der alte von früher. Ein edles Stück, der mit Hebelwirkung über ein kleines Zahngestänge den Korken herausbringt.

"Ich schenk dir mal ein, Papa. Hihi, daran muss ich mich noch gewöhnen."

"Danke dir, so'n kleiner Schluck reicht erst mal."

Senta hobelt feine Späne vom Käse auf Florians Teller und schaut mich dann fragend an. "Du auch? Der ist aus Tirol. Schmeckt sehr lecker!"

"Ja, gerne."

Florian mischt noch einmal den Rest Salat durch. Ich wickele ein paar Nudeln mit Sauce um die Gabel. Das kleine Bündel nimmt einige Käsespäne auf.

Klara erhebt dann ihr Glas, wartet, bis alle so weit sind.

"So, ihr Lieben. Ich freue mich, dass wir heute in so großer Runde zusammen sind. Ich hab euch lieb!"

Sie schaut mich an, unsere Gläser treffen sich sanft und ein schöner Ton entsteht. Klara lächelt wunderbar. Dann wendet sie sich den anderen zu.

"Prost, Papa!" Leonie schmunzelt und schüttelt dabei den Kopf. "Das ist echt witzig. Auf uns!"

Gläser klingen. Wir schauen uns alle noch einmal an. Und der Wein schmeckt prima. Ich bin beruhigt.

Überglücklich und gleichzeitig melancholisch in die Vergangenheit verstrickt, suche ich immer wieder Klaras Blick. Sie lächelt dann sanft und ich kann es gar nicht fassen. Das ist meine Familie. Ich bin überwältigt. Die Nudeln sind lecker und die Salatsauce erinnert mich ebenfalls an unsere gemeinsame Zeit. Florian holt sich schon die zweite Portion. Vor lauter Kopfkino vergesse ich zu essen.

Leonie schaut prüfend auf meinen Teller. Sie hatte sich zwar weniger aufgetan, ist aber gleich fertig damit.

"Nun iss schon, Papa. Damit du ein bisschen griffiger wirst."

Alle schmunzeln. Leonie ist ziemlich direkt.

"Ich denke, das ergibt sich jetzt automatisch. Bei mir ist gerade der Wohlstand ausgebrochen."

"Leonie sagt gnadenlos, was sie denkt. War ich früher auch so?"

"Also, das kommentiere ich jetzt lieber nicht."

Ich stopfe mir den Mund voll, um nicht überstürzt etwas Ungeschicktes zu sagen.

"Schlimmer als ich gibt es nicht. Frag mal Jan!"

Der macht es wie ich. Klara lacht los. "Kindergarten stimmt vielleicht nicht ganz. Manchmal wird hier auch handfest therapiert. Daran müsst ihr neuen Männer euch noch gewöhnen."

"Ist es so schlimm?"

Leonie hatte mich und dann Jan mit einem so friedlichen, liebevollen Blick angeschaut, dass Widerspruch unmöglich wurde. Nacheinander fangen alle an zu lachen. Anscheinend fällt gerade jedem hier am Tisch eine passende Geschichte ein.

Dann nehme ich die letzte Gabel Salat, die letzten Nudeln. Meine Güte, das war köstlich.

"So, Papa, Nachschlag, oder was?"

"Ehrlich gesagt, bin ich gut gesättigt! Das war total lecker, aber es passt nichts mehr rein."

"Aber Rotwein geht bestimmt noch. Ich hol noch eine neue Flasche. Weiß aber nicht, ob der genauso gut ist."

Senta steht auf, sammelt die leeren Teller ein. Meiner passt auch noch auf den Stapel.

Leonie entkorkt die nächste Flasche Rotwein.

"Hier, schau mal, ein Côtes du Rhône. Der schmeckt dir bestimmt."

Bevor ich etwas sagen kann, bekomme ich schon großzügig eingeschenkt.

"Danke dir, der hat eine schöne Farbe."

Leonie füllt auch ihr Glas, schaut dann fragend in die Runde. Florian greift zu, verteilt Wein auf seiner Seite. Den Rest Trentino hat sich Klara geschnappt und streckt mir das Glas entgegen.

"Frank, ich freue mich, dass du heute bei uns bist."

"Danke für die Einladung. Es ist schön bei euch."

Nach einem Schluck Côtes du Rhône tippt mich Leonie an.

"So, Papa, lass uns auch noch mal anstoßen. Ich glaube, du hast mir ganz schön gefehlt. Aber nicht nur mir."

Unsere Gläser erklingen, dabei schaut sie mir ernst in die Augen. Ich trinke nur ein kleines bisschen.

"Und jetzt, ihr lieben Eltern, geht ihr beiden schön nach oben in Mamas Reich. Und ihr vertragt euch gefälligst, sonst gibt es Ärger mit den Kindern! Wir ziehen nämlich in den Frieden. Kennst du das? Ist von Udo Lindenberg. Das ist auch so ein heißer Alter. Also, wir räumen schon auf, hier unten. Und den Wein nehmt ihr auch mit."

Klara lacht los, nimmt meinen Arm.

"Ich habe dich gewarnt, Leonie ist tough. Und Widerstand ist zwecklos. Nimm du die Gläser und den Wein und ich suche uns etwas zum Knabbern."

Irgendwie stehe ich unbeholfen in der Gegend herum. Ich fühle mich gerade wie das verklemmte Zahnrad, in einem ansonsten gut geölten Getriebe.

"So, Gläser in die eine Hand, Papa, hier die Flasche in die andere. Und sei lieb zu ihr."

"Leonie, tut mir leid. Aber ich kann die Zeit leider nicht zurückdrehen."

"Nicht wieder traurig werden. Die Vergangenheit ist vorbei und interessiert nicht mehr. Und wir beide machen auch mal einen langen Spaziergang und reden. So, jetzt verschwindet schon."

Klara kommt mit ein paar Tüten an meine Seite, hakt sich unter. Auf der breiten Treppe nach oben muss ich balancieren. Klara nimmt mir die Flasche ab. Oben öffnet sich ein Raum, ungefähr so groß wie die Diele, aber sehr hoch. Das Dach ist wie ein Zelt mit zwei Oberlichtern ausgebaut. Überall hängen Bleistiftskizzen und farbige Bilder. Seitlich ist ein großes Fenster bis zum Boden. In Richtung der Straße führt ein Gang zu weiteren Zimmern. Gegenüber der Treppe kommt man in einen großen Raum mit einem mindestens vier Meter breiten Panoramafenster. Dahinter öffnet sich der Blick zum Garten. Man schaut auf die Krone des Apfelbaumes, den wir damals als Erstes eingepflanzt hatten, als der Garten noch ein Acker war.

Klara winkt mich herein.

"Das ist das schönste Zimmer im ganzen Haus. Es ist aber eher Werkstatt und Atelier mit Sofa und guter Aussicht. Der Blick auf den Garten ist so toll, dass ich ganz viel hier sitze und mich einfach nur freue. Oft skizziere ich seitenweise den Garten in den verschiedenen

Jahreszeiten und den herrlichen Farben. Komm, setz dich. Das ist der beste Platz."

Das grüne Kanapee steht schräg zum Fenster, davor ist ein kleiner Opiumtisch mit Büchern, einem Skizzenblock, einem Becher voller Stifte und dem Côtes du Rhône.

"Ich weiß nur nicht mehr, welches Glas deines ist."

"Ist mir egal, Frank. Vielleicht knutschen wir heute sowieso noch."

Klara schenkt bereits ein und kichert vor sich hin.

Inzwischen sitzen wir nebeneinander. Wir halten allerdings einen vornehmen Sicherheitsabstand.

"Frank, es war gut, dass ich Yvonne beim Friseur getroffen habe. Und ich hatte mich schon geärgert, dass nur samstags ein Termin frei war. Na komm, noch einen Schluck auf den Zufall."

Ganz in ihre Augen versunken, werde ich sprachlos. Sie zwinkert, trinkt Wein und öffnet eine Tüte mit Rosmaringebäck.

Der Alkohol ist mir schon zu Kopf gestiegen.

"Mir scheint, ich muss jetzt langsam machen mit dem Wein, sonst kann ich meinen neuen Dienstwagen nicht mehr bedienen."

Klara lacht los. "Du fährst heute nicht nach Hause, mein Lieber! So weit kommt das noch. Zumindest ich hatte das anders geplant."

Oh! Lese ich auf meiner Stirn.

"Morgen gehe ich übrigens nicht ins Geschäft. Und da ist auch eine Überraschung für dich. Schau mal da drüben. Was könntest du dir vorstellen, ist unter dem Bettlaken da an der Wand versteckt?"

Jetzt erkenne ich auch den Ursprung von Markus' Idee, mich in ein verlängertes Wochenende zu schicken. Aber was ist das wohl für eine Überraschung? Verdutzt suche ich die Ecke rechts neben dem

Schrank ab. Ihr Ölbild mit der Strandszene, das sie im Studium angefertigt hatte, hängt daneben. Durch die Glastür ist das Saxofon zu sehen. Und eine Querflöte lehnt dekorativ an einem Holzständer. Es könnte eine abgedeckte Kommode da unter den Laken sein.

Klara nimmt meine Hand. "Komm mal mit!"

Näher dran sehe ich etwas unter dem Bettlaken in die Höhe ragen. Eine Gitarre? Ich werde nervös.

"Los, lüfte jetzt mal das Geheimnis!"

Vorsichtig raffe ich den Stoff zusammen. Es ist eine Gitarre. Es ist DIE Gitarre. Die Viking Harp mit dem großen gelaserten keltischen Symbol auf der Rückseite und diesem Schlangenornament auf dem Pickguard vorne.

"Meine Güte, wo hast du die denn ausgegraben? Ich werd verrückt! Klara, das ist ja der Wahnsinn."

Dann kommt daneben eine große Orange Box und ein VOX Nighttrain zum Vorschein.

"Leonie hatte Informationen zu dieser mittelalterlichen Band im Internet gefunden, nachdem ich ihr die Geschichte von dieser Gitarre erzählt hatte. Die Band war schon lange wieder aufgelöst. Aber sie ließ nicht locker, fand Kontakte und schließlich den Gitarristen. Der war in dem Moment auf Jobsuche, hatte zwei Kinder und eine unzufriedene Frau zu Hause. Der war dann heilfroh, etwas verkaufen zu können. Sollen wir mal *Green Onions* probieren? Das haben wir doch früher schon ganz gut hinbekommen."

Klara gibt mir im Vorbeigehen einen schnellen Kuss, holt dann ihr Saxofon aus dem Schrank. Mir stehen die Tränen in den Augen. Ehrfürchtig hänge ich mir mein altes Schmuckstück um den Hals. Der Gurt ist neu, die Gitarre hat ein paar neue Beulen und der Klarlack ist an einigen Stellen abgewetzt wie mein altes Hemd. Der Verstärker braucht einen Moment, bis alle Röhren so weit sind. Vorsichtig drehe ich an den Reglern, schalte den Clean-Kanal ein. Ein warmer Ton erklingt. Klara spielt ein paar Töne rauf und runter. Ich muss mir erst mal die Nase putzen, mir laufen Tränen über das Gesicht.

"Ich bin völlig fertig, Klara."

"Hat mir Spaß gemacht! Und das war ganz schön knapp. Ich war am Dienstag erst bei diesem Lars Soundso in Heidelberg. Na komm, in E haben wir das immer gespielt."

Sie klopft mit einem Ring den Rhythmus und legt los. Zum Glück habe ich aus alter Gewohnheit immer ein paar Plektren in der Hosentasche, suche vorsichtig passende Akkorde. Es ist göttlich! Wir machen zusammen Musik. Nach einer ganzen Weile ist es nur noch eine Improvisation in E und es wird so etwas wie ein musikalisches Frage-und-Antwort-Spiel. Es macht höllischen Spaß. Irgendwann endet die Unterhaltung in einem vehementen Klanggebirge. Wir stellen die Instrumente ab, umarmen uns, heulen wie die Schlosshunde.

Draußen ist es dunkler geworden. Das Gartenhäuschen und die Bäume werden jetzt beleuchtet. Wortlos gehen wir Hand in Hand zum Sofa, sitzen jetzt sehr viel enger zusammen, trinken Wein. Die Zeit verrinnt und nimmt alte Lasten mit, alles wird ruhiger. Wir synchronisieren uns wie zwei Elemente, die sich zu einem neuen Molekül zusammenfinden.

"Im Keller fand ich einen Umzugskarton mit Sachen von dir. Das Nirvana-Shirt und ein paar andere Sachen sind frisch gewaschen. Deine ersten Platten von Udo Lindenberg sind auch dabei. Die sind alle noch in Ordnung."

Das alte Shirt. Es stammt noch aus Wohngemeinschaftszeiten. Das ist lange her. Mir regnen massenhaft Bilder und Situationen in den Kopf. Zum Beispiel als ich mit der ersten Deutsch-Rock-Platte von

Udo im Partykeller unserer Clique auftauchte und bei *Andrea Doria* alle die Gesichter verzogen. Ich fand das so genial, dass ich die Platte damals so oft hörte, wie es nur ging.

"Ich bin total fertig vor lauter Glück. Meine Güte. Und Leonie ist der Hammer. Eine Wahnsinnsfrau."

Klara lehnt sich bei mir an. "Die haben wir gut hinbekommen. Und ihr Italiener hat ihr sehr gut getan. Sie ist echt klasse, kann ich dir sagen. Bevor sie sich den Ernesto geangelt hatte, zeigte sie mir eine Checkliste mit den Eigenschaften, die ihr erster Freund haben sollte. Da stand so was wie: Er muss auch ungeduscht sympathisch riechen, unbedingt Nichtraucher, am besten Vegetarier. Leidenschaftlich, war dick unterstrichen. Ein schickes Auto durfte auch nicht fehlen. Heute sagt sie, dass ihr Leben mit Jan nur halb so interessant wäre, wenn sie nicht vorher den Ernesto gekannt hätte. Frank, die hat mir Geschichten erzählt, da wurde mir ganz anders, und ich weiß genau, dass sie mir die ganz schlimmen Sachen nie erzählen wird. Aber Leonie ist wirklich toll!"

"Die ist so cool und hat mindestens dein Temperament. Jan ist auch in Ordnung. Der macht auf mich einen ziemlich gefestigten Eindruck, obwohl der ja auch noch jung ist."

"Leonie überfordert ihn regelmäßig, das ist so süß."

Klara stellt lachend ihr Glas auf den Tisch.

"Pass auf. – Setz dich mal richtig lässig hin, so, Beine breit, bisschen hingelümmelt, die Arme auf der Lehne, so italienisch locker eben."

Sie legt ein Bein über meines, holt meinen Arm über ihre Schulter.

"Und jetzt nicht so schüchtern, schön mit dem Arm immer um meinen Busen rum, genau! Na ja, ist mit den Jahren etwas mehr geworden. Und jetzt schaust du genauso verlegen wie Jan, wenn Leonie ihn beim Fernsehen so hindrapiert hat. Mit Ernesto war sie immer ungefähr so auf dem Sofa gesessen. Der war total ungeniert, hatte seine Hände überall und fand das überhaupt nicht komisch. Und Leonie gefiel das. Alle guckten irritiert. Ich anfangs natürlich auch. Ja, Frank, hier ist was los."

"Meine Güte, das ist jetzt aber schon ganz schön heftig gefummelt."

"Macht doch Spaß, oder, Frank?"

Klara schaut mich an, mit diesem klebrigen Blick und mich lässt die Schwerkraft im Stich.

Phase 8

Leonie kommt später als sonst nach Hause. In der Firma war eine Maschine ausgefallen. Die Reparatur dauert womöglich Tage und die Arme musste ihren ganzen Charme einsetzen beim Verschieben eines Auslieferungstermins.

"Hoffentlich gibt es keine Regresse."

Sie bekommt zum Trost als Erstes ein Glas kühlen Weißwein. Klara streichelt ihr über das Haar.

"Das hast du gut gemacht, meine Große! Und nächste Woche läuft wieder alles normal."

Jan kommt dazu. Er hatte noch länger mit den Monteuren gesprochen.

"Die kriegen das hin. Und wir haben einen guten Service-Vertrag mit denen. Morgen ist zwar Samstag, aber die haben vorhin noch Ersatzteile per Express bekommen und machen morgen weiter. Ich fahre nach dem Frühstück hin."

Auch er bekommt erst mal ein Glas Wein. Langsam werden alle ruhiger. Senta und Florian kommen dazu und schließlich essen wir alle gemütlich. Klara hatte für jeden Chicorée-Auflauf in Glasschalen zubereitet und dazu Baguettescheiben aufgebacken.

Gut gesättigt und vom Wein entspannt, wird die Stimmung lockerer. Klara erzählt von ihren Erlebnissen in der Firma und beteuert, dass die letzten sechs Jahre, nachdem sie Leonie und Jan die Firma überlassen hat, das größte Geschenk des Himmels seien.

"Und dass wir beide uns wiedergefunden haben, Frank." Sie schaut mich an, lächelt sanft. Das macht mich unendlich glücklich.

Inzwischen bin auch ich Rentner. Dank des guten Jobs bei Markus und Denis, seinem Anwalt, kann ich heute mit meinen Einkünften einen angemessenen Beitrag zum Familienleben beitragen. Der Denis hatte mich zu, wie er es nannte, Finanzexperimenten überredet. Die machten mir ein schlechtes Gewissen, die machten mich aber auch schuldenfrei.

Klara und ich haben ein wunderbares Leben. Wie fast jeden Abend sitzen wir schließlich oben bei Kerzenschein am Fenster zum Garten auf unserem grünen Kanapee. Heute hat sie Musik von den Beatles rausgesucht, die dezent unsere blaue Stunde bereichern.

"Von denen haben wir ewig nichts mehr gehört. Und dann lese ich dir nachher noch ein Gedicht vor, das ich wiederentdeckt habe. Das mit dem Panther, weißt du noch? Von Rilke. Bin gespannt, was du heute dazu sagst. Diese Gedichte hatten wir ganz früher schon gelesen."

Übergangsphase

Das ist aber unfair! Einen alten Mann so zu treten! Meine Güte, mir tut alles weh. Kriege schwer Luft. Was ist das denn?

Und dann noch dieses Gerüttel, was soll das?

Oh, schon wieder so ein Tritt, kriege keine Luft mehr. Was wollen die ganzen Leute? Warum schauen die mich so komisch an?

"Ich liebe dich, Frank!" Das ist gut, das ist Klara, meine Klara, schön, dass sie hier bei mir ist. Das tut gut.

Bin am Strand, die Sonne scheint warm zwischen dunklen Wolken hindurch. Neben mir der alte, zerbrochene Kahn. Die Sonne wandert schnell zwischen den düsteren Wolken. Die Flut kommt. Der Schatten der alten Planken hüllt mich ein. Ich treibe im Wasser. Es ist warm. Kaum Geräusche, nur eine sanfte Trommel.

Die Trommel schlägt immer schneller, warum werde ich so geschüttelt? Vorhin war das hier noch schön gemütlich und warm.

Was ist das denn? Alles wird plötzlich so eng! Die Trommel hämmert. Es wird immer enger. Oh nein, was ist das? Alles so hell, mir ist kalt. Alles so laut, wo ist die Trommel geblieben? Ich muss atmen. Wie geht das denn? Mir tut alles weh. Hoffentlich ist das bald vorbei.

Bin eingewickelt geworden, jetzt ist es wieder schön warm. Da ist Mamas Trommel wieder, ruhig und langsam, etwas weiter weg. Schön, so kann es bleiben.

Mir ist, als ob es tausend Stäbe gäbe und hinter tausend Stäben keine Welt.

Langeweile, das Spielzeug schmeckt nicht. Hoffentlich bekomme ich bald wieder so ein Stück Schokolade. Das war lecker! Ferdinand bekommt so was nicht, sagt Mama immer. Anna gibt mir trotzdem Schokolade, hihi! Große Schwester. Oh, die Tür klingelt.

"Hallo, Annabell, komm rein. Wie geht's dir?"

"Gut geht's, sieht man das nicht? Senta kommt später mit dem Auto nach. Ist Oma Klara schon wach?"

"Weiß nicht. Sie hatte gestern Opa Franks Geburtstag gefeiert, mit Musik und Rum. Ich habe nach ihr geschaut, da hatte sie gerade im alten Nirvana-Shirt von ihrem Frank getanzt und sah sehr glücklich aus."

"Und Oma hat doch vier Tage später Geburtstag. So war das doch."

"Ja, genau. Zwei Jahre und vier Tage sind die beiden auseinander. Geh doch mal leise nachschauen, ob sie schon wach ist."

"Wenn du meinst? Ich bin auch ganz leise, falls sie noch schläft."

Mama deckt den Tisch. Ich sehe keine Schokolade. Blöd.

"LEONIE! Mama, komm schnell! Ich glaube Oma lebt nicht mehr. Sie atmet nicht! Komm schon!"

Was bedeutet das? Erwachsene sind komisch. Die haben bestimmt eine Geheimsprache. Jetzt rennen sie weg, lassen mich ganz alleine. Mein Teddy passt nicht zwischen den Stäben durch. Vielleicht kann ich ihn drüber tun. Dann kann er nachschauen und mir erzählen. Teddy, schau mal nach was da los ist. Oh, da ist Mama wieder.

"Komm mal her, kleiner Mann."

Tschüs, Spielzeug, tschüs, Stäbe. Teddy? Gut aufpassen!

"Mein Kleiner, wir müssen uns von Oma Klara verabschieden. Sie ist jetzt auf dem Weg in den Himmel, weißt du?"

Wann darf ich endlich die Treppe selber raufgehen? Kann doch jeder. Warum weint Anna denn so?

"Schau mal, wie sie da eingekuschelt liegt. Und schau mal hier, das Bild von den beiden. Sie hat Frank ein Glas Rum dazugestellt und seine Uhr zu dem Bild gelegt. – Das sieht so süß aus!"

Oma sagt nichts, das ist aber komisch.

"Oh, Annabell. Komm, wir wünschen Klara eine gute Reise, bleiben noch ein paar Momente, und dann müssen wir überlegen, was man macht. Jetzt ist sie ihrem Frank sicher wieder näher."

Ich weiß ja nicht, muss gleich mal Teddy fragen.

Mama macht das Fenster auf. Wir stehen schon ganz lange hier und Oma sagt immer noch nichts.

"Anna, komm. Wir lassen sie jetzt in Ruhe gehen."

"Das ist so schwer. Aber du hast Recht. Das hier vergesse ich ohnehin nie wieder. Sie ist so eine Liebe, schau doch mal."

Treppe runter ist schwerer, da kann Mama mich ruhig tragen. Ich komm schon wieder in dieses Viereck mit den Stäben. Anna bringt mir Teddy zurück. Danke! Die sind so traurig, ich glaub, ich mach mal den Stepdance. Dann lachen immer alle.

Autofahren macht Spaß.

Oh, viele Leute. Was machen die denn hier?

Und die da haben aber komische Stühle, mit Rädern dran. Haben die kein Auto?

"Yvonne, Markus! Schön, dass ihr doch kommen konntet. Wirklich schön."

"Leonie, ich sag's dir: Alt werden ist nichts für Feiglinge. Und es tut mir so leid! Klara wird uns allen fehlen. Wir sind heute sozusagen in Begleitung unserer Pflegefamilie. Ohne die müssten wir ins Heim. Dieser kräftige Kerl hier fischt mich immer wieder aus der Badewanne raus. Er heißt Damian. Das ist seine Frau Janina."

"Meine Frau und ich möchten ihnen Beileid sagen. Ist schwer, wenn die Matka gehen muss."

"Vielen Dank, das ist sehr lieb, danke."

"Leonie, es tut mir so leid. Ich habe immer so gerne mit Klara geredet. Wir haben erst vor ein paar Tagen telefoniert. Unsere Nachzügler-Kinder konnten leider nicht kommen. Wir sind nämlich seit gestern stolze Großeltern!"

"Seit gestern?"

"Ja, Annabell. Ist das nicht großartig? Frederike heißt die Kleine. Und heute müssen wir von Klara Abschied nehmen. Das Leben ist komisch. Ich verstehe das alles nicht."

"Aber Yvonne, dann wurde Frederike genau an Klaras Geburtstag geboren! Und außerdem zwei Jahre und vier Tage nach Opa Frank."

"Tja, der liebe Zufall."

Mama sagte, dass Oma Klara da in dieser Holzkiste drin ist. Wie soll sie da bloß wieder rauskommen? Vielleicht wollen die Leute alle helfen. Ob ich mit Fedike spielen darf? Die ist bestimmt auch noch klein.

"Unser Ferdinand ist am Geburtstag vom Frank geboren worden. O je, sind die beiden kleinen etwa unsere Großeltern?"

Alle sehen mich schon wieder so an. Erwachsene sind komisch. Ich mach einfach den Stepdance, dann lachen wieder alle.

Nächste Etappe

Wir haben geheiratet!

Frederike (geborene Wiggerts) und Ferdinand Weinhaupt.

Kommenden Samstag sind alle Freunde und Wegbegleiter
herzlich eingeladen, mit uns zu feiern.

Kommt ab 19.00 Uhr zum Gelände von

Weinhaupt–Maschinenbau.

Industriestraße 3

"Hallo, Schatz, wie geht es dir, nach der langen Nacht?"

"Guten Morgen, mein Engel! Ja, jetzt ist wieder alles in Ordnung. Ich hatte nachts beim Pinkeln eine Tablette genommen. Das war eine mächtige Party, meine Güte. Erst mal gemütlich frühstücken."

"Du, sag mal, ich würde heute gerne zum Friedhof gehen und deine Großeltern besuchen. Was meinst du?"

"Ja, die Sonne kommt gerade raus, gute Idee. Wir müssen ihnen unsere Ringe zeigen."

"Du, Schatz, ich habe gestern sehr lange mit deiner Mutter gesprochen. Weißt du, ich hatte manchmal das Gefühl, dass sie mit mir nichts anfangen kann. Und dann habe ich ihr einfach gesagt, dass wir beide füreinander gemacht sind, egal was alle anderen davon halten. Dann hat sie mich sehr lange angeschaut, probierte, etwas zu sagen, aber dann fing sie an zu weinen und hörte nicht wieder auf. Sie hat mich umarmt und wir haben beide geheult. Draußen auf der Terrasse sagte sie mir dann, dass sie in mir oft ihre Mutter erkennt, also Klara, die da drüben mit ihrem Frank zusammen begraben liegt. Und sie sagte, dass sie in uns die beiden da drüben wieder erkennt, wie durch ein Fernglas, das in die Vergangenheit gerichtet ist."

"Darüber wird bei uns nicht so viel geredet, aber bei einem Familienabend letztens, mit zu viel Alkohol, erzählte Annabell verrückte Geschichten von den Großeltern und nannte mich Frank. Mama hatte sich daraufhin noch ein anständiges Glas gegönnt und tauchte erst am nächsten Abend wieder auf."

"Leonie erzählte mir auch gestern, dass du schon als ganz Kleiner mit deinem Teddy besprochen hast, was Ferdi und Fedike zusammen spielen könnten. Da war ich gerade ein paar Monate alt."

"Also, Mama sagt nicht so viel. Ihr ist die Geschichte etwas unheimlich. Komischerweise sitze ich gerne oben in Klaras hellem Zimmer und genieße einfach den Blick in den Garten. Die obere Etage wird zwar nicht mehr genutzt, wird aber wie alles andere mit in Schuss gehalten. Wenn der Trubel zu groß wird oder auch wenn sonst niemand etwas von mir will, setze ich mich gerne auf das grüne Kanapee und schmökere in den Büchern, die überall herumliegen. Und dann sind da noch die Musikinstrumente von den beiden, und die vielen Bilder von Klara machen den Raum zu einem magischen Ort, finde ich. Es ist, als wären die beiden nur kurz draußen und kämen gleich wieder. Du kennst doch das Ölbild von Klara, mit dem

Schiffswrack am Strand und dem Meer. Das hängt neben dem großen von Anna, ihrer Mutter. Annas Bild war ganz früher im Büro, rechts an der Wand. Aber das kleine von Klara fasziniert mich immer wieder. Der Himmel ist ganz finster, die Sonne blinzelt an einer Stelle durch die Wolken und erhellt eine Welle, die sich gerade bricht. Also, das kann ich stundenlang anschauen, bis ich mich wundere, nicht im Strandsand zu sitzen. Ich könnte schwören, dass ich genau diesen Strand, diesen Ort kenne. Na ja, Annabell hat sich anscheinend viele Geschichten genau gemerkt von dem, was früher so erzählt wurde. Und den Teddy habe ich übrigens immer noch, wie du weißt. Eine Story, die sie erzählt, ist zum Beispiel, dass du mit deinen Eltern mal bei uns gewesen bist, als wir etwas größer waren, vielleicht so zwischen drei und fünf Jahre. Obwohl wir jede Menge Spielzeug um uns herumliegen hatten, sahen wir uns nur ganz lange an, redeten in unserer eigenen Babysprache und der Teddy musste ab und zu dolmetschen."

"Stimmt, mit anderen Kindern war es meistens sehr wild, nur wir beide hatten uns wohl viel zu sagen. Das wunderte auch meine Eltern damals. Und dann das Herbstfest bei euch. Ich durfte mitgehen, obwohl ich erst vierzehn war. Dann haben wir um Mitternacht verschämt auf der Terrasse Händchen gehalten und Sterne angeschaut. Ja, spätestens seitdem bist du mein Seelenpartner! Und es fühlt sich richtig groß an, als hätten wir uns schon seit Anbeginn der Zeit immer wieder verabredet. Da drüben haben wir vor ein paar Jahren aufgehört und jetzt machen wir hier weiter."

"Kann gut sein, das ist schon außergewöhnlich. Früher Klara und Frank. Und jetzt Frederike und Ferdinand. Weißt du was? Wir bauen da oben endlich noch die beiden Rohbauzimmer aus und dann ziehen wir da ein, wo Klara und Frank gelebt haben. Die beiden bekommen Platz für ihre Sachen und all die Erinnerungsstücke und dann setzen wir beide diese Liebe fort."

"Weißt du, was seltsam ist? Das fühlt sich für mich völlig normal an."

"Ist verrückt, geht mir genauso."